우리는 살지도 않고 죽지도 않는다

우리는 살지도 않고 죽지도 않는다

임경섭 시집

창비

차
례

일러두기

이 책에 실린 일부 외국어 고유명사는 현지음과 다소 다르더라도 국내에 번역 소개될 때의 표기 관행을 따랐다.

제 1 부

아내는 나에게 얘기하지 않았지만

나에게 아내는 얘기하고 있었다

크로아티아 비누

나카타는 목욕을 할 때마다 신혼여행지에서 산 비누를 가만히 바라보았다 그것은 그의 고향에선 볼 수 없던 대리석 문양의 비누였다

나카타는 목욕을 할 때마다 신혼여행지에서 산 비누를 바라보며 그곳의 짙푸른 해안선을 한참이고 떠올렸다 그곳은 시간을 두고 촘촘히 흘러내린 비누의 마블링 같은 섬들로 가득했다

나카타는 목욕을 할 때마다 신혼여행지의 해안선을 떠올리며 여행가가 되고 싶다는 자신의 꿈에 대해 생각했다 비누 하나 다 닳을 때까지 여행을 기억할 수 있다면 자신은 충분히 여행가가 될 자격이 있다고 나카타는 생각했다

나카타는 목욕을 할 때마다 여행가가 될 자신의 미래를 상상하며 신혼여행 말고는 변변한 여행 한번 해본 적 없는 자신의 경험에 대해 고민했다 한번도 홀로 떠난 적 없었으므로 자신의 꿈이 아내 없이는 이루어질 수 없을 거라고 나카타는 걱정했다

나카타는 목욕을 할 때마다 아내 없이 이룰 수 없는 꿈에 대해 고민하며 욕실 나무 선반 위의 비누를 바라보았다 비누는 몸집이 부쩍 작아져 있었지만 아내는 살아 있는 한 닳지는 않을 거란 생각에 나카타는 안도했다

그리하여 나카타는 목욕을 할 때마다 닳아 없어지지 않을 아내를 생각하며 아내만큼 소중한 크로아티아 비누를 매만졌다 아낄수록 비누는 빠르게 줄어들고 있었다

플라스마

헤르베르트 그라프는 그의 아내에게 오로라를 보여주
고 싶었다

그가 나고 자란 고장에선 오로라를 볼 수 없었다
같은 고장에서 나고 자란 아내 역시 한번도 보지 못한
그것을 끔찍이 보고 싶어 한다는 사실을 그는 알고 있었다

결혼 3주년이 되던 날 근교로 나간 헤르베르트 그라프
는 멀찍이 샛노란 해넘이가 한눈에 들어오는 까페 테라스
에 앉아 아내에게 말했다
죽기 전에 너에게 오로라를 보여주고 싶어
그러자 아내는 검붉은 가을 수수밭 같은 목소리로 물
었다
당신의 아내 혼자서 오로라가 보이는 곳으로 가도 된다
는 말이야?
아내의 질문에 헤르베르트 그라프는 한쪽 머리가 아파
왔다

그렇지 나는 분명 아내에게 오로라를 보여주고 싶었지

그렇지만 일찍이 스스로 오로라를 보고 싶단 마음도 갖고 있었어

그렇다면 내 말은 내가 오로라를 보기 위한 수단으로 아내를 이용하겠단 뜻일까

헤르베르트 그라프는 꼬았던 다리를 반대로 다시 꼬는 동안 상체를 아내 쪽으로 은근히 숙이며 말했다

죽기 전에 너와 오로라를 보러 가고 싶어

그러자 아내는 푸르르 떨리는 진보랏빛 유성 같은 입술로 물었다

당신은 오로라가 보고 싶은 거야, 오로라가 보이는 곳으로 가고 싶은 거야?

아내의 질문에 헤르베르트 그라프는 헷갈리기 시작했다

그래 오로라를 보는 일은 검색으로도 가능한 일이지

그래도 나는 태양의 입자와 지구의 자기장이 부딪는 곳에 서서 그것들의 발광을 목격하고 싶은 마음이었어

그래서 내 말은 오로라가 보이는 곳으로 가되 거기서 오로라를 보지 못해도 된다는 뜻일까

헤르베르트 그라프는 의자에서 일어나 아내에게로 걸어가 그녀의 팔걸이에 걸터앉으며 다시 말했다

 죽기 전에 오로라가 보이는 곳으로 가 너와 함께 오로라를 바라보고 싶어

 그러자 아내는 북극점으로부터 불어오는 텅 빈 바람 같은 눈빛으로 물었다

 생애 단 한번 맞이할 가장 아름다운 순간을 왜 당신과 함께해야 하지? 지치도록 평생을 함께할 당신과 말야

 아내의 말에 헤르베르트 그라프는 한 손으로 자신의 무릎을 내리치며 웃기 시작했다

 다시없을 이 밤 아내와의 귀갓길은 그에게 아프지도 않았고 기쁘지도 않았고 허전하지도 않았고 가득하지도 않았다

 자신도 모르는 사이에 헤르베르트 그라프의 가장 아름다운 순간이 지나가버리고 있었던 것이었다

라이프치히 동물원

슈레버 일기

세살 된 아이를 데리고
내가 찾아간 곳은 동물원이었다
그곳은 가질 수 없는 것들로 가득했다

어제 내린 비로
하늘빛이 무척 푸른 날이었지만
군데군데 얕은 물웅덩이들이 놓여 있어
나는 말간 하늘보다는
앞서 내달리는 아이를 주로 쳐다보며
숲처럼 우거진 포장길을 걸어야 했다

말을 막 배우기 시작한 내 아이는
처음 보는 동물을 마주할 때마다
그것들을 갖고 싶다 했지만
나는 그때마다
그것들을 가질 수 없다는 걸 깨닫고 있었다
가질 수 없는 것에 대해 설명하는 대신
나는 아이에게 동물원에 대해 말해주고 싶었다

내가 알기로 동물원은

움직이는 사물들이 모여 있는 곳이었다

그러나 동물원 안에선 그 어떤 사물도 움직이지 않았
으니

나는 그렇게 말할 수 없었다

동물원은 움직이지 않는 동물들이 모여 있는 곳이었다

그러나 그 어떤 동물도 스스로 그곳을 선택한 적 없었
으니

나는 그렇게 말할 수 없었다

동물원은 움직이지 않는 동물들을 모아놓은 곳이었다

그러나 그것들을 모아놓은 주체가 빠졌으니

나는 그대로 말할 수 없었다

동물원은 인간이 움직이지 않는 동물들을 모아놓은 곳
이었다

그러나 인간도 동물이었으니

나는 그대로 말할 수 없었다

동물원은 스스로가 스스로를 모아놓은 곳이었다

그러나 스스로를 가둔 테두리는 보이지 않을 만큼 넓었
으니

나는 더이상 아무런 말도 할 수 없었다

세살 된 아이가
아무 말 하지 않는 나를 데려간 곳은
동물원이었다
그곳은 경계와 경계들이 놓여 있는
경계의 안쪽이었다

성 토마스 교회
슈레버 일기

페르세우스자리 유성우가 떨어진다는 8월이었다

나는 합창단원인 내 아이와 함께 유성우를 보기 위해 토마너 성가대가 연습을 마치는 시간에 맞춰 성 토마스 교회로 향했다

교회로 가는 길 위에는 이미 어둠이 내려앉아 가로수며 보도블록이며 벽돌집이며 불 꺼진 벽돌집 창문이며 창문에 비친 허공이며 할 것 없이 모두 그 속에 포근히 들어차 있었다

교회까지 절반쯤 갔을 때였던가

내가 아주 어릴 적 어느 칠흑 같던 밤 어머니와 함께 같은 길을 걷던 모습이 생각났다

그날도 8월이었으리라

나는 어머니의 손을 잡고 어머니가 들려주는 사촌 누이들에 관한 이야기를 들으며 성 토마스 교회 쪽으로 가고 있었다

그때의 사촌들에 관한 이야기는 전혀 기억나지 않았다

다만 느닷없이 떨어지던 별똥별의 굵은 꼬리들이 선명하게 떠올랐다

너무도 아름답다고 저토록 아름다운 것에 소원을 빌어보라고 어머니가 말했지만 내게는 두려운 풍광이었다

　아름다운 것들은 내 머리 위로 곧장 들이닥칠 것만 같았다

　나는 떨어지는 별들에게 어머니의 깊은 병에 대해 기도하는 대신 우리가 무사히 집으로 돌아가게 해달라고 빌고 또 빌었다

　어둠속에서 빛나는 어둠은 무섭도록 아름다웠다

　교회에 다다르기 전부터 유성우가 떨어지기 시작했지만 멀찍이 아이들의 아름다운 합창 소리는 여전히 흘러나오고 있었다

　나는 교회까지 남은 걸음을 걷는 동안 떨어지는 별들을 바라보며 별똥이 다 질 때까지 노래가 끝나지 않기를 기도했다

Bist du bei mir

슈프링크의 아내는
이미 이브닝드레스를 갖춰 입었고
하얀 진주 목걸이며
알이 굵은 토파즈 귀고리며
엷은 문양의 은반지 같은 장신구들로
치장을 마쳤지만
여전히 화장대 앞에 서 있었다

언제나 머리카락이 문제다
오늘도 머리카락이 문제일 거다
노년의 슈프링크는
외출을 하기 위해 단장 중인
아내의 뒷모습을 바라보며
속으로 되뇌었다

슈프링크의 아내는
한갈래로 굵게 땋았던 머리를 풀어
한쪽으로 묶었다가 다시
헤어밴드를 오른손 검지와 엄지에 끼워 들고

한참을 빗질하고는 머리카락 전체를 모아
가운데로 묶었다가 풀었다

시간이 가고 있다
의미 없이 가는 시간은 늘 처참하다
턱시도를 갖춰 입은 노년의 슈프링크는
손목에서 돌고 있는 시계를 만지작거리며
속으로 생각했다

게반트하우스 관현악단의 연주가
곧 시작할 시간이었지만
슈프링크의 아내는 여전히 빗질을 하고 있었다
아내의 머리카락에 윤기가 사라진 걸
슈프링크만 모르는 시간이었다

호텔 메이우드 1

버튼을 누르자마자
철문 너머로
모터 돌아가는 소리가 들리기 시작한다

동양에서 온 젊은 커플은
어두운 실내에서도
렌즈가 커다란 썬글라스를 벗지 않는다

벨이 울리자마자 철문이 열리고
안에서
구레나룻 덥수룩한 노신사가 걸어나온다

노신사는 동양의 커플에게
미소 지으며 인사를 건네고
커플은 노신사를 쳐다도 안 보고 짐을 싣는다

노신사는 나가면서
몇차례 뒤를 돌아다보고
커플은 계속 철문 안으로 짐을 옮긴다

로비의 문이 열리고
없던 햇살이 잠시 들어왔다 나가자마자
엘리베이터 문이 닫히기 시작한다

아파트먼트 도나트
바다오르간

네번째 도시에 도착한 나카타는 아내와 함께 숙소로 향했다 몇주를 검색한 끝에 예약해둔 곳이어서 숙소를 찾는 일은 나카타에게 어렵지 않았다

나카타는 렌터카에서 두개의 여행용 캐리어를 꺼내 들었다 자신과 아내의 옷가지보다 돌아가 선물할 기념품이 더 많이 들어 있어 나카타에게 두개의 캐리어는 계획보다 훨씬 무거워져 있었다

숙소까지 몇십 미터밖에 되지 않았지만 주차한 곳이 비가 내린 직후의 진흙밭이었기 때문에 나카타에게 숙소로 짐을 옮기는 것은 괴로운 일이었다 나카타는 무거운 짐을 드는 일보다 양어깨를 턱보다 높이 치켜든 채 뒤뚱거리며 걸을 수밖에 없는 자세가 자신을 괴롭힌다고 생각했다

숙소 입구가 잠겨 있어 간판에 있는 번호로 나카타는 전화를 걸어야 했다 나카타는 전화를 받은 숙소 주인의 말을 대체로 알아들을 수 없었으나 그녀가 두시간 후에나 올 수 있다는 얘기만큼은 알아들을 수 있었다

숙소에서 멀지 않은 곳에 바다오르간이 있었다 나카타
와 그의 아내가 이 도시에 온 이유도 거기에 있었다 나카
타는 주인이 올 때까지 아내와 함께 아드리아 해변에 앉아
비췻빛으로 일렁이는 물결과 그 위에 연한 자줏빛으로 번
지는 석양을 바라보다 오기로 마음먹었다

손꼽아 기다린 일이었지만 나카타는 기쁘지 않았다 아
내와 바다오르간으로 가기 위해 나카타는 두개의 캐리어
를 들고 다시 질척이는 주차장으로 향해야 했다

아파트먼트 도나트

성 도나트 성당

1

끝이 보이지 않는 계단이었다

2

나카타는 아내와 함께 성 도나트 성당에 들어섰다
성당 안을 둥글게 감싼 회벽을 타고
넓게 나선형 돌계단이 놓여 있었다
두꺼운 회벽에는
빛이 간신히 들어올 만한 창이 몇개 뚫려 있었고
그 십자가 모양 창들만이
오래전 이곳이 성당이었음을 알려주고 있었다

아내와 함께 성당 꼭대기까지 올라간 나카타는
자신이 서 있는 곳이 어디인지 헷갈렸다
그곳은 더이상 미사가 열리지 않는 곳이었지만
여전히 성당이라 불리고 있었으므로 나카타는 궁금했다
유적을 방문했으니 우리는 과거를 보고 있는 것인가
하지만 그때의 미사는 결코 재현될 수 없으니
우리는 결국 현재를 벗어날 수 없는 것인가

하면 할수록 고민은 계속 과거가 되고 있다는 걸
나카타는 모르고 있었다

　　3
미소가 아름다운 금발의 숙소 주인이
멀리서 온 동양인 부부를 위하는 마음으로
전망 좋은 꼭대기 층의 방을 그들에게 내준 거라고
나카타는 생각하고 있었다

구시가 명승지의 숙소답게
고풍스럽고 아담한 건물이었지만
비좁은 나선형 나무 계단의 경사가 몹시 급했으므로
두개의 캐리어를 양손에 든 나카타는
계단을 오르는 동안 끊임없이
숙소 주인의 배려를 곱씹고 있었다

라이프치히 중앙역
슈레버 일기

기차 여행을 위해 나와 아내는
아이와 함께 이른 아침부터
라이프치히 중앙역에 나와 기차를 기다리고 있었다
미리 표를 끊어놓지 않은 탓에 우리는
붐비는 주말 오전의 역사 안에서
자리가 있는 기차 시간까지 한참을 기다려야 했다

집을 벗어난다는 것에 신이 났는지
기차역에 도착하자마자 아이는
한동안 역사 안을 정신없이 뛰어다니더니
출발 시간이 거의 다 되어서는
아내 품에 안겨 곤히 잠들고 말았다
태어나 처음으로 하는 기차 여행을
아이가 충분히 만끽하길 바랐지만
잠든 아이가 그럴 수 없을 것 같아 나는 못내 아쉬웠다
우리가 들어서야 할 플랫폼이나
열차 안 우리의 좌석을 찾는 과정도
나는 여행의 한 부분이라고 생각했으므로
그 과정 하나하나를 아이에게 보여주는 것은 아이가

여행을 만끽하는 데 도움이 될 만한 일이라 믿었지만
어쩔 수 없는 일이었다

출발 시간이 다가오는 동안 아내는
아이의 등을 토닥이고 있었다
아내는 어떤 표정도 내비치지 않으면서 말없이
잠든 아이의 등을 천천히 토닥이고 있었다
잠이 든 채 다른 도시로 이동하는 것도 여행이고
이동하는 동안 제 어미의 품에 안겨 있는 것도 여행이
라고
아내는 나에게 얘기하지 않았지만
나에게 아내는 얘기하고 있었다

침

한치 앞도 보이지 않는 암흑이었으나
헤르베르트 그라프는 그곳이
오래된 숲의 중심이라는 걸 알고 있었다
그를 둘러싼 채 풀벌레들은 끊임없이 날개를 털었고
허공에선 소쩍새 한마리가 그를 경계하듯 간간이 울었
으며
수천그루의 침엽수들은 소소한 바람에도 제 가지와 잎
들을 부딪쳤다
암흑의 숲은 아무런 방향도 드러내지 않았다
한걸음 내디딜 때마다 그곳이 온전한 땅이길
기도하며 헤르베르트 그라프는 깊은 숲속을 헤맬 뿐이
었다
그러나 돌부리며 잔가지며 솔방울이며 할 것 없이
걸음마다 무언가가 그의 발에 밟히고 있었다
평탄한 바닥은 그에게 처음부터 존재하지 않은 듯했다
그러므로 그는 바닥에 주저앉을 수도 없었다
동이 트기 전까지 그곳을 빠져나갈 수 없음을 직감한
그는
제자리에 멈추어 섰다 아무것도 보이지 않았으므로

자신의 정지를 의심하며 헤르베르트 그라프는
제자리에 멈추어 섰다 그때였다
요란한 소리 하나가 그가 선 곳으로 빠르게 다가오는 것
이었다
그것은 소름 돋는 소리였다 헤르베르트 그라프는
내달리기 시작했다 더이상 바닥 같은 건 중요하지 않
았다
달릴수록 소리는 커져만 갔다 처음에는 하나였으나
그것은 갈수록 거대한 소리의 뭉치가 되어 그의 뒤를 쫓
았다
어느 순간 그를 뒤쫓는 소리는 어둠보다 더 거대해진 듯
했다
달아날수록 갇히고 있다는 사실을 깨달은
헤르베르트 그라프는 숨을 길게 몰아 내쉬며 중얼거렸다
말벌이구나 낮에 아내가 죽인 그 말벌이구나

밤사이 선잠에 들었던 헤르베르트 그라프는
외마디 비명과 함께 눈을 떴다
식은땀으로 눅눅해진 그의 자리 옆에서 아내가 잠들어

있었다

집 안으로 들어온 손가락만 한 말벌을 때려잡은 그의 아
내가

미동도 없이 잠들어 있었다 쏘이지 않게 조심하라며

멀찌감치 떨어져 등 뒤로 그가 전달한 진심을

들은 척도 안하던 그의 아내가 고요히 잠들어 있었다

미명 속에서 아내의 얼굴을 바라보던 헤르베르트 그라
프는

괴로웠다 괴로웠으나 자신을 괴롭히는 게

말벌인지 아내인지 자신인지 꿈인지 생시인지

그는 알 수 없었다 중요한 건

헤르베르트 그라프는 벌에 쏘인 적이 없다는 사실이었다

Mr. Vertigo

스물아홉 월터 클레어본 롤리는
한 줄기씩 가지를 자르면서 되뇌었다
포도는 건포도가 될 수 있지만
건포도는 포도가 될 수 없다

건기의 샌와킨강은
광활한 사막에 줄지어 늘어선 청포도밭이
바싹 마르지 않을 만큼 흐르고 있었고
그곳에서 물길을 얻은 운하들은
끝없이 펼쳐진 밭고랑 사이사이로 간신히 사라지고 있
었다

한발짝 떼면
푸석거리며 마른 먼지가 일어나는
사막의 청포도밭 한가운데서
월터 클레어본 롤리는 몇시간째
포도 넝쿨의 가는 줄기들을 가위로 자르고 있었다

넝쿨 가지째 말려야 값비싼 건포도가 된다는 농장주의

말을 떠올리며
　월터 클레어본 롤리는 또 한번 되뇌었다
　포도는 건포도가 될 수 있지만
　비싼 건포도라도 포도는 될 수 없다

　자신의 한쪽 허리춤에 매달려 달그락거리는
　물병의 텅 빈 무게를 느낄수록 갈증은 깊어갔지만
　줄기 잘린 채 볕에 매달린 청포도들이 그만큼
　빠르게 마르고 있다는 생각에
　월터 클레어본 롤리는 가위질을 쉴 수 없었다

　월트가 어깨와 목을 비트는 간격은 점점 짧아지고 있
었고
　몇고랑 건너 검붉게 메말라가는 청포도들은 그때마다
　점점이 반짝이며 그의 눈에 들어오고 있었다
　그것은 얼마 버티지 못해 제값을 못 받고 떠난
　멕시칸 이주민들의 흔적이었다

　쉴 틈 없이 가지를 자르던 월트는

석양이 길게 반사된 한줄기의 운하를 바라보며 다시금
되뇌었다
포도는 건포도가 될 수 있지만
까맣게 쪼그라든 건포도는 불린다 해도 포도가 될 수
없다

건기의 샌와킨강은
흐른다기보다는 버티고 있는 느낌이었고
그곳에서 사방으로 잘게 뻗어나온 운하들은
뒤도 돌아보지 않고
직방형으로 각자의 길을 가고 있었다

건포도는 포도가 될 수 없다

뿌리로부터 길어 올리지 않으면
소용없는 일이었다

비행운

꿈을 꾸었어요
네모반듯한 교정 한구석에 늘어선 양버즘나무들이
천천히 그늘을 움직이고
양버즘나무 그늘의 중심에 숨은 매미떼가
쉬지 않고 울어대는 꿈이었습니다
하늘 가득 거대한 여객기들이 유유히
줄지어 돌아오는 꿈이었어요
너무나 거대했던 나머지 하늘은 보이지 않고
여객기들과 그것들이 남긴 비행운들만 섬섬히 빛나는
그런 꿈이었어요 그들의 활주로가
어느 쪽으로 놓여 있는지 알 수는 없었지만
낮고 느린 비행이 우리에게 잇따른 안착을 꿈꾸게 하는
그런 꿈이었습니다
운동장에 늘어선 우리는
입을 벌린 채 탄성을 내지르며
공중을 난다는 건 어떤 기분일까?
여객기의 좁은 창문들 새로 얼핏 보일 것 같은
여행자들의 벅찬 마음을 상상해보기도 했습니다

그때였어요
대열의 끝에서 여객기 하나가 항로를 벗어난 것은
한껏 바람을 불어넣다 놓쳐버린 풍선처럼
후미의 여객기는 제멋대로 자주 방향을 바꾸더니
이내 구름 너머로까지 치솟아올랐습니다
운동장에 늘어선 우리는 기다렸어요
어리둥절 서로의 얼굴을 바라보며
이유가 있겠지 설마 떨어지기야 하겠어?
생각하는 말들을 입 밖으로 꺼내지도 못한 채
입가의 웃음기를 잃지 않으려 애를 쓰면서
우리는 기다렸어요 기다리자
후미의 여객기는 돌아왔습니다
기체는 수직으로 떨어지고 있었어요
운동장에 늘어선 우리의 머리 위로 곧장
기체는 떨어지고 있었어요
우리는 달아나기 시작했습니다
기다리던 것이 돌아왔지만
우리는 너나없이 달아나기 시작했습니다

꿈을 꾸었어요

달아나는 꿈을 꾸었습니다 달아나며 생각했어요

돌아온다는 건 어떤 기분일까?

돌아와도 돌아오지 못한 거란 건 또 어떤 기분일까?

우리는 너나없이 뒤도 돌아보지 않고

교정 너머로 나무 그늘 너머로 구름 너머로

그리고 거대했던 꿈 너머로

달아나고 있었습니다

제 2 부

어머니가 죽으니 양복이 생겨서

그는 좋았다

페달이 돌아간다

모두 아홉이었네
자전거 한대씩은 장만할 나이였네
비가 온 다음 날
흙탕물 잔뜩 불어난 강둑에 모인 우리는
어디론가 가고 싶었네
누군가 강둑길 끝까지 가볼까 물었지만
누구도 쉽게 대답하지 않았네
말을 꺼낸 아이조차
한동안 말없이 서로의 눈치를 살폈네

강둑길 끝에는 버려진 흉가가 있다고
누군가 말했네
누구도 그 말을 두려워할 수 없어서
너 나 할 것 없이
가자 가자 외쳤네
그곳은 너무나 먼 곳이어서
해가 지기 전에 돌아오지 못할 수도 있다고
누군가 말했네
누구도 그 말에 겁내지 않으려고

너 나 할 것 없이
상관없어 상관없어 소리쳤네

사실 그곳에 흉가가 없을 거란 걸
누구나 짐작하고 있었네
우리가 무서워했던 건 목소리였네
엄마들은 한결같이
자전거를 타고 큰길에 절대 나가지 말라고 말했네
우리는 표정 안에 표정을 숨긴 채
페달을 밟았네
따라오는 아이의 옷을 적시기 위해
우리는 물웅덩이 위를 지나가곤 했네
그때마다 선명하게 드러나는 바큇자국

뒷바퀴는 당최 앞바퀴와 마주치지 않았네
속도를 줄이며 중심을 잡을 때마다 아주 가끔씩
뒷바퀴는 앞바퀴의 길을 가로질렀네

환

발광하는 형체가 보이기 시작했다고 했다
어둠의 한가운데였으므로 그곳이
우거진 숲인 듯도 했고
외진 고개의 포장길인 듯도 했던
그때
발광하는 형체가 움직이기 시작했다고 했다
어둠의 한가운데였으므로 그것이
사람을 찾는 손전등 같기도 했고
길을 찾는 자동차의 전조등 같기도 했던
그때
발광하는 형체가 눈이 부시도록 거대해졌다고 했다
어둠의 한가운데였으므로 우리가
조난당한 등산객인 듯도 했고
차에 치이기 직전의 고라니인 듯도 했던
그때
얼어붙은 몸으로 발광하듯 눈을 떴다고 했다
눈을 떴으나
주위가 어둠보다 어두웠으므로 우리가
우리를 찾을 수 없었다고 했다

더이상 우리가 우리를 찾을 수 없었다고 했다

귀향

에른스트 짐머는 오솔길을 걷고 있었다
길가에 키 작은 미루나무들이
듬성듬성 자라 있었고
가장자리로 담쟁이넝쿨 무성한 담벼락이
길게 뻗어 있었다
그곳은 집으로 돌아가는 지름길이어서
에른스트 짐머에겐 익숙한 공간이었지만
그날따라 유독 날씨만큼은 익숙지 않았다
움직임 없는 나뭇잎 너머로 비쳐오는 하늘은
처음 보는 색을 띠고 있었다
몹시도 더딘 자신의 발걸음을 느끼기 시작할 즈음
오솔길의 소실점으로부터 천천히 걸어오는 누군가를
에른스트 짐머는 발견했다

어머니가
걸어
옵니다

어디선가 그녀를 설명하는 목소리가 울렸다

멀리서 보아도 그녀는 어머니가 아니었다

에른스트 짐머의 어머니는 곱슬머리가 아니었다

어머니가 아닌 어머니는 계속 가까워지고 있었다

가까워질수록 그녀의 얼굴은 보이지 않았다

그녀의 얼굴엔 눈과 코와 입이 없었다

에른스트 짐머는 두렵지 않았다

그녀는 모르는 사람이기 때문이었다

어머니가 아닌 어머니가

짐머를 쳐다보지도 않고 지나쳐버린 직후

오솔길 저편으로부터 또 누군가 천천히 걸어오고 있다
는 걸

에른스트 짐머는 알아차렸다

걸어온다기보다는 공중에 조금 뜬 채로

다가오고 있는 것 같았다

아버지가

걸어

옵니다

어디선가 그에 대해 말하는 소리가 들렸다
아무리 보아도 그는 아버지가 아니었다
에른스트 짐머의 아버지는 대머리였다
아버지가 아닌 아버지가 계속 다가오고 있었다
다가올수록 그의 얼굴은 보이지 않았다
눈 코 입은커녕 자잘한 주름 하나 없이
그의 얼굴은 팽팽하고 매끈했다
표정이 없는 것을 얼굴이라 부를 수 있을까
에른스트 짐머가 생각할 무렵
목소리는 그에 대한 설명을 덧붙였다

아버지의 머리카락은
계속해서
자라납니다

아버지가 아닌 아버지가 가까워질수록
그의 머리카락은 길어졌다
그의 머리카락은 옆으로 자라고 있었다
다가오는 그의 머리카락이 자꾸만 자라나

머잖아 자신의 얼굴에 닿을 것 같다고 생각하니
에른스트 짐머는 조금 두려워졌고
도무지 마음대로 움직이지 않는 자신의 발을 떠올리니
짐머는 조금 더 두려워졌다 마침내
아버지가 아닌 아버지가 옆을 스치자
순식간에 그의 머리카락은
에른스트 짐머의 머리통을 휘감았다
한 뭉텅이로 뒤엉키는
머리카락들

*

눈을 뜬 순간
에른스트 짐머의 몸을 무언가 누르고 있었다
볼 수 있었으나
움직일 수 없었다
벗어나기 위해
경직돼 뒤틀리며
에른스트 짐머의 명절은 시작되고 있었다

처음의 맛

해가 지는 곳에서
해가 지고 있었다

나무가 움직이는 곳에서
바람이 불어오고 있었다

엄마가 담근 김치의 맛이 기억나지 않는 것에 대해
형이 슬퍼한 밤이었다

김치는 써는 소리마저 모두 다를 수밖에 없다고
형이 말했지만
나는 도무지 그것들을 구별할 수 없는 밤이었다

창문이 있는 곳에서
어둠이 새어나오고 있었다

달이 떠 있어야 할 곳엔
이미 구름이 한창이었다

모두가 돌아오는 곳에서
모두가 돌아오진 않았다

반짝반짝

무츠키가 다섯살 되던 해의 일이었다
애벌레가 꿈틀거리는 가을이었고
달이 환한 밤이었다
무츠키는 부모와 함께
비탈진 솔숲 사잇길을 걷고 있었다
한 손으로는 어머니의 검지를 쥐고
다른 손으로는 중지와 약지 사이에
잠든 잠자리의 날개를 끼워 든 채
무츠키는 울창하게 웃자란 낙엽송 가지 사이로
부서진 달빛을 바라보면서
부모를 따라 걷고 있었다
내리막이 시작되자 달빛 대신 여러채의
다락이 있는 집들이 뿜는 희미한 불빛이
별자리처럼 흔들렸다 무츠키가 달빛을 놓치고
마을 쪽으로 고개를 돌릴 즈음이었을까

무츠키의 머리 위로 털 한뭉치가 떨어지는 것이었다
가던 걸음을 멈추고 무츠키의 부모는 허리를 굽혀
자식의 정수리를 내려다보았다

그것은 털이 아니었다
무츠키의 부모는 머리털이 곤두섰다
그것은 꿈틀거리고 있었다
무츠키의 어머니는 혼신의 힘으로 팔을 휘둘러
자식의 머리통을 휘갈겼고
무츠키의 아버지는 사력을 다해 두 발로
바닥에 떨어진 송충이를 여러차례 짓이겼다
무츠키에겐 날벼락과도 같은 일이었다
무츠키의 부모는 흉측한 벌레로부터
자식을 구해낸 것에 안도했지만
무츠키는 달랐다
그는 부모가 징그럽다고 하는 것이 왜
징그러워야 하는지 알 수 없었고
자신을 때리고 밀치면서까지 고요를 짓밟아버린
부모를 언제까지 미워해야 할지 알 수 없었다

세 식구가 지나간 자리 위로
울퉁불퉁한 비탈길이 환하게 꿈틀거리기 시작했다

불붙은 작은 초 아홉개

무츠키의 생일은
가을이 시작되는 동시에 새 학기가 시작되는 무렵이었네
초등학교 2학년이 된 무츠키는 어머니의 바람대로
같은 반 친구 몇을 집으로 초대했네
그렇게 가을볕에 발갛게 그을린 다섯명의 아이들은
학교를 마치고 무츠키의 집까지 걸어왔네

무츠키의 어머니는 아들의 생일을 기념하기 위해
생크림 케이크를 준비해두었네
아이들이 둘러앉은 식탁 한가운데
불붙은 작은 초 아홉개가 꽂혀 있었고 케이크 주위로
무츠키가 좋아하는 포도와 복숭아가 담긴
커다란 접시 하나와 크로켓이 원뿔처럼 쌓인 접시 둘
그리고 아이들 각자를 위한 밥과 국과 반찬들이 여럿
질서 있게 놓여 있었네

무츠키의 어머니가 아이들에게
생일 축하 노래를 부르자고 말했고
아이들이 노래를 부르려고 손을 모으던 찰나였네

개새끼
무츠키의 가장 친한 친구 곤이었네
곤은 옆에서 자꾸 간지럼을 태우던 아이를 향해 말했네
개새끼

아이들은 손뼉 장단에 맞춰 생일 축하 노래를 시작했
지만
무츠키와 그의 어머니는 손뼉을 치지 못했네
노래가 끝나고 아이들이 음식을 먹기 시작하자
무츠키가 말했네
욕을 하면 어떡해 그것도 남의 집에서
곤이 말했네
우리가 남이냐 너도 욕 잘하잖아
우리 반에서 너만큼 욕 잘하는 애도 없을걸

즐거운 생일날이었네
무츠키의 어머니는 말없이 안방으로 들어갔고
무츠키의 친구들은 왁자지껄 음식을 해치우기 시작했
지만

무츠키 혼자만 음식에 손끝 하나 대지 못했네
무츠키는 그동안 숨겨왔던 자신의 정체를
어머니에게 들켜버린 것 같아 괴로웠네
무츠키는 비밀을 누설한 친구 곤보다
생일상을 준비한 어머니가 더 미웠네
친구들을 집으로 부르지만 않았더라도
무츠키는 괴로울 일이 없었네

이모

안토니오 호세 볼리바르 프로아뇨는 이모가 넷이었다
어머니가 죽고 상을 치르는 동안 그의 이모들은
내내 울어주었다

양복 없는 상주를 위해
셋째 이모는 그를 데리고 가 옷을 사주었다
어머니가 죽으니 양복이 생겨서 그는 좋았다
둘째 이모는 첫째 이모에게
네년 때문에 돌로레스 엔카르나시온 델 산티시모 사크
라멘토 에스투피냔 오타발로가 죽은 거라고 소리쳤다
그는 취한 둘째 이모의 고함이 싫지만은 않았다
그래도 양복을 입었으니 지금 뭣들 하는 거냐고
내 어미가 죽었는데 당신들이 뭐라고 어디서 행패냐고
그는 한 말씀 쏘아붙였다
그때 들은 체도 안하고 돌아눕는 첫째 이모가
안토니오 호세 볼리바르 프로아뇨에게는 가장 멋져 보
였다

다음 날 아침 염하러 들어갔을 때

안토니오 호세 볼리바르 프로아뇨는 이틀간 참아왔던
웃음을 터뜨리고 말았다

다른 이모들은 도무지 죽은 그녀를 볼 자신이 없다고
하여

그는 첫째 이모와 둘이서 안치실에 들어온 터였다

세상에서 가장 겸허한 자세로 어머니의 나체를 닦고 있
는 두 사내 앞에서

첫째 이모가 흐느끼며 말하는 것이었다

이제 네가 제일 좋아하는 엄마 젖도 못 만지겠구나

마지막으로 엄마 젖 좀 실컷 만지려무나

그는 콧물과 눈물로 범벅이 된 얼굴로 터진 웃음을 참아
가며

딱딱한 어머니의 젖가슴을 어루만졌다

그는 이렇게 슬픈 폭소를 다시는 터뜨릴 수 없다는 사실
이 마음 아팠다

외할머니가 낳지 않은 막내 이모는

사흘 내내 아무 말 하지 않고 영안실 구석을 지켰다

그래서 안토니오 호세 볼리바르 프로아뇨는 막내 이모

가 진심어리다 생각했다
　장례가 끝나자 막내 이모는
　면허를 딴 지 얼마 안된 그를 위해
　집까지 운전을 하게 해주었다
　집으로 가는 길은 어두웠고
　집에는 아무도 없었다

빛으로 오다

엄마 엄마
오늘 과학 시간에 선생님이 말했어요
모든 것이 빛으로 존재한다고요
빛이 없으면 서로를 확인할 수 없다고요
빛이 있어서 모두가 함께할 수 있다고요

그럼 엄마
내 앞에 있는 엄마는 엄마인가요 빛인가요
어느날 엄마가 사라진다면 그건
빛이 사라진 거니까 엄마는
보이지 않을 뿐 영원히 사라지지 않는 건가요

집에 오다 누군가 담벼락에 적어놓은
휴거라는 글자를 봤어요 무서워요
모두가 사라지는 날이라잖아요
그 길이 어두웠다면 그 길이 보이지 않았다면
이런 마음은 처음부터 없었을 텐데

엄마, 오늘밤엔 불을 끄지 말아줘요

불을 끄면 내 방도 사라지고 내 잠도 사라지고
엄마를 위해 모으던 동전들과
어린 동생을 위해 적어놓은 기도문들도 사라질 거예요

그래도 불을 꺼야 하겠죠?
이제야 알겠어요 밤이 왜 존재하는지
밤이 오면 우리는 모두 이 세상에서 사라지는 거죠
우리가 사라져야 그동안 또다른 우리가 이 세상을 살아
갈 테니까
그리고 또다시 아침이 오면 우리는 전혀 다른 빛으로
서로 다른 빛으로 태어나겠죠

지평선

　난생처음 지평선을 마주한 아이에게 다니엘 파울 슈레 버는 말했다 아들아 나도 지평선은 처음이구나 그러자 아이가 물었다 지평선이 뭐야? 슈레버는 곡식의 낟알을 살찌우는 가을볕 같은 목소리로 대답했다 저기 하늘과 땅이 맞닿아 만든 선 그것이 지평선이란다 그러자 아이가 다시 물었다 지평선에 갈 수 있을까? 슈레버는 황금빛 평야를 가로지르는 실개천 같은 목소리로 대답했다 시간과 노력이 필요한 일이지만 마음만 먹는다면 충분히 가능한 일이란다 그러자 아이가 되물었다 지평선에 가면 지평선을 밟을 수 있을까? 슈레버는 해넘이를 등지고 홀로 날아가는 홍부리황새의 날갯짓 같은 목소리로 대답했다 지평선에 가면 지금의 지평선은 사라지고 또다른 지평선이 멀리 보일 거란다 그러자 아이가 또다시 물었다 그렇다면 지평선에 결국 갈 수 없는 거 아냐? 슈레버는 끝이 보이지 않는 밀밭에 점점이 흩어져 이따금 허리를 펴는 농부들의 기지개 같은 목소리로 대답했다 다가가는 만큼 지평선은 밀려나며 멀어질 거란다 그러자 아이가 물었다 그렇다면 아빠가 거짓말한 거 아냐? 슈레버는 느긋하게 물결을 만들다가 사라지는 곡창지대의 여린 하늬바람 같은 목소리로 대

답했다 아들아 나도 지평선은 처음이구나

  다니엘 파울 슈레버는 좀처럼 해가 질 것 같지 않은 서
녘의 시간 속에 아이와 함께 서 있었다 슈레버는 옆에 선
아이에게 한발짝 다가섰지만 아이는 그만큼 멀어지고 있
었다

서막

낡고 지저분한 쎄미까마 맨 뒷좌석 등받이에 몸을 묻은 채 곤은 무츠키에게 물었다 왜 쇼코의 배낭을 들어주는 거야?

들어준 게 아니라 받아준 것이었지만 무츠키는 대답하지 않았다

며칠째 반복되는 야간버스 여행에 모두가 지쳐가고 있었지만 곤은 지친 기색을 숨긴 말투로 무츠키에게 물었다 너는 네 여행을 온 거야, 쇼코의 여행을 온 거야?

아내가 만족하면 자신도 흡족할 공동의 여행이라 생각했지만 무츠키는 대답하지 않았다

버스는 4천 미터 고산을 넘어 유적이 있는 곳으로 구불거리는 길을 오래도록 흔들리며 갔지만 곤은 흔들리지 않는 목소리로 무츠키에게 말했다 배려가 존재하는 한 차별은 사라지지 않을 거야

곤의 의견이 그렇더라도 자신은 마음 가는 대로 아내를 도울 것이며 늙고 지치더라도 언제까지나 마음이 시키는 대로 그렇게 할 것이라 다짐했지만 무츠키는 대답하지 않았다

그들 바로 앞 좌석의 쇼코는 눈 감고 있었지만 잠들지 않았다 대답 없는 무츠키 때문에 쇼코는 잠들지 않았다

개켜진 검정 재킷

3년 만에 온 연락이었네
곤이 죽을병에 걸린 아버지를 보살피기 위해
고향에 내려가 있다는 걸 알았지만
무츠키는 한번도 연락하지 않았네
사소한 말다툼 때문이었네
한번도 연락하지 않는 곤이 괘씸해
무츠키는 한번도 연락하지 않고 있었네

3년 만에 온 연락이었지만
다른 말은 필요없었네
아버지가 새벽 세시쯤 숨을 거뒀다
어느 장례식장 몇 호실이다
무츠키는 전화를 끊자마자 정장을 차려입고
역으로 가 신칸센에 올라탔네

이미 다른 친구 다섯이 와 있었지만
장례식장엔 친구들 말곤 아무도 없었네
어머니의 바람대로 곤은 아무도 부르지 않았네
곤의 어머니는 자신이 곤의 아버지를 죽게 내버려둔 것

같아
　아무도 부를 수 없었다고 했네 다만
　화장장까지 운구를 해줄 곤의 친구 여섯만 부른 것이라
했네

　아무도 없는 만큼 장례식장은 썰렁했네
　친구들은 사람의 죽음 앞에서
　어떤 표정을 지어야 할지 몰랐네
　친구들은 빈소 앞에 말없이 둘러앉아
　슬프긴 하지만 너의 슬픔을 내가 어찌 알겠느냐는 듯
　이 세상에 없는 표정을 열심히 찾고 있는 표정이었네

　소고깃국에 밥을 두공기나 말아 먹은 무츠키는
　검은 재킷을 개켜둔 곳에 아예 자리를 펴고 떠들기 시작
했네
　무츠키가 생각하기에 장례식장은
　망자를 시끄럽게 기억하는 곳이어야 했네
　처음엔 멀리서 웃고 떠드는 무츠키를 무심히 쳐다보았
지만

어느새 한데 섞이어 웃고 떠들고 있는 곤

한번도 연락하지 않는 곤이 괘씸해
무츠키는 한번도 연락하지 않았지만
그런 자신이 괘씸해 곤도 연락하지 않았다는 걸
무츠키는 깨닫고 있었네

제 3 부

눈이 내리고 있다고 쓰면
눈이 내리고 있는 것이다

쏟아지려네

아무도 독을 갖고 있지 않았지만
눈앞에 커다랗고 매끈한 독이 있다고 했다

독은 아무것도 담고 있지 않았지만
오래된 공허로 가득 차 있다고 했다

공허는 무게를 지니고 있지 않았지만
없는 무게가 세월을 지탱하고 있다고 했다

이제 지탱할 엄마가 없었지만
엄마가 담근 김치가 독에 담겨 있다고 했다

독에 담긴 김치는 한 계절을 버티지 못할 테지만
김치의 냄새는 사라지지 않을 것이라고 했다

냄새는 기억을 갖고 있지 않았지만
기억을 씻으려고 호스째 물을 붓고 있다고 했다

깊은 독은 좀처럼 물로 채워지지 않았지만

흔들리는 수면이 조금씩 올라오고 있다고 했다

독을 채운 물은 색을 갖고 있지 않았지만
저녁의 공기로 물이 붉게 찰랑거린다고 했다

아무도 독을 갖고 있지 않았지만
독이 찰랑인다고 찰랑거린다고 했다

눈이 내리고 있다

연일 폭염이 지속되는 가운데

길고 무거운 몸을 뙤약볕에 지지고 있는

차고지의 시동 꺼진 702A 버스 안에서

스마트폰에 형은 쓴다

눈이 내리고 있다

쓰고 나서 형은 생각한다

이 문장이 실현될 수 있는 확률에 대해

그러고 나서 스스로를 위로한다

모든 문장은 가능성으로만 존재한다고

괜찮다

누구도 진실을 적어 내려간 적 없으니

눈이 내리고 있다고 쓰면

눈이 내리고 있는 것이다

출발 시간이 다 되어도 기사님은 오지 않고

열없이 달뜬 시간 속에서

형의 눈 내리는 문장은 삭제되기 시작하고

형은 그 사실을 모른다

그러나 아무도 형을 모른다

일광욕

등으로 문을 미는 동시에
크리스 월튼은 노라 라이스가 탄 휠체어를
두 손으로 끌어당겼다

쏟아지기 시작한 폭우 때문에
라이스와 월튼은 쉬어갈 수밖에 없었다
나무로 된 피난소엔 전구 하나 매달려 있지 않았고
월튼이 움직일 때마다
삐거덕 소리만 캄캄하게 차올랐다

서로 어둠을 응시한 시간이 어느 정도 흐르자
선반 위에 놓인 양초 몇개가 월튼의 눈에 들어왔다
그것들은 누군가 쓰고 남긴 것이어서
작았고, 사방으로 번진 촛농과 함께
뒤틀린 채 굳어 있었다

장애를 갖고 산다는 게 이렇게 힘들 줄 몰랐다
걷지 못한다는 사실보다 걷고 싶다는 사실이 그렇고
골짜기 넘어 광야의 피난소까지 온 것이

사람들에게 기적이라 불리는 것보다
그 기적이 너 없인 이루어질 수 없다는 것이 그렇다

월튼이 주머니에서 라이터를 꺼내 심지에 불을 놓자
희미하게 흔들리며 살아나는 불꽃 너머로
라이스의 굴곡진 표정이 드러났다
라이스는 굴곡들의 무거운 움직임을 알지 못한 채로
입을 열었던 것이다

내가 겪는 일은 기적 아니면 미친 짓이 된다
기적이든 미친 짓이든 그것은 네 탓으로 돌아간다
원한 것은 아니지만 나는 이 삶을 수긍했다
실수라는 게 일종의 선택이라면
너도 어서 선택이라는 실수를 하기 바란다

라이스의 얘기를 듣는 사이 비가 그쳤다
월튼은 돌아가야 한다는 생각이 들었지만
라이스에게 어떻게 말해야 할지 몰랐다

다만 다음에 이곳에 들를 사람들을 생각하며
서둘러 촛불을 불어 껐다

형의 벌

아무렇게나 방바닥에 누워
리모컨을 만지작거리던 형이 물었다
아무것도 안할 수 있을까?

오후의 늦은 햇살을 느끼거나
돌아오지 못할 작년의 봄을 떠올리거나
남은 한해 동안 무얼 먹고 살지 걱정하는 것까지
모조리 안할 수 있을까?

형은 생각 없이 한 말이었지만
나는 생각을 하지 않을 수 없었다
아무것도 하지 않는 것은 아무것도 하지 않는 것일 수
있을까?
우리는 이미 아무것도 하지 않는 것을 하고 있는 건 아
닐까?

나는 아무것도 안하기 위해
아무 말도 하지 않았지만
아무것도 하지 않을 수 없었다

형과 벌

문을 열자
집 안 가득 연기가 자욱했다

일찍 들어온 형이
고기를 굽고 있었다

나는 가방을 내려놓기도 전에
주방이며 침실이며 화장실의 창들을 열었다

개다리소반에 놓인 상추는 처음부터 파랬지만
형이 프라이팬에 올린 돼지의 붉은 살점은
불이 센 만큼 금세 제 색깔을 잃었다

형은 뒤도 돌아보지 않고
고기를 굽고 있었다

프라이팬에서는
연신 기름이 올라왔다

나는 형의 얼굴을 보지 못했지만
형이 고기를 굽고 있다는 걸 알고 있었다

형벌

형이 문을 박차고 들어왔다
취한 형에게선 냄새가 진동했다
얼마 전 이혼한 형은
스무살 첫사랑의 이름과 어린 제 딸의 이름과
그제 자신에게 이별을 통보한 애인의 이름을 번갈아 되
뇌며
먼지 굴러다니는 방바닥에 주저앉았다
주저앉은 형은 꼬인 혀로 말했다
괴롭다 모두에게 상처받았다 그러나
아무리 뜯어보아도 형에게는 상처가 보이지 않았다

그게 괴로웠다
어디에도 괴로움이 있지 않다는 게 괴로웠다
해도 들지 않는 내 낮은 자취방을
형이 제집처럼 드나드는 건 아무래도 좋았지만
자신에게 상처준 이들의 이름을
아무렇지 않게 내뱉는 것이 괴로웠다 그리하여
내 좁은 방 안에 이름들이 이름들로만 버려지는 것이
괴로웠다 괴로웠으나

괴로움은 발음으로 존재하다가 금세 사라지고 말았다

형은 쉴 새 없이 중얼댔고 아무 말 없이 나는
쪽방으로 가 형의 이불을 깔았다
그사이 형은 갈아 끼우지 않은 쪽방 형광등처럼
규칙 없이 껌벅이기 시작했다
껌벅이는 형에게선 냄새가 진동했다
형이 나가고 나면 형광등부터 갈아야지
그러면 헌 형광등의 자리는 새 형광등이 대신할 테지
형에게선 냄새가 진동했다
냄새는 보이지 않아 아름다웠으나
오래도록 남아 있을 것 같았다

늘어진

k는 형제가 둘이었네
동생이 간암으로 죽자
k는 막내가 되었고
형이 중풍으로 죽자
k는 장남이 되었네
막내도 장남도 아니었던 k는
막내이자 장남으로 살아야 했지만
k를 치켜세우거나 보살필
부모는 죽고 없었네

k는 살날들보다는
죽을 날이 걱정이었네
부모는 부모로서 이미 세상을 떠나고
동생은 막내로서 형은 장남으로서
죽은 후였네
k는 어떤 입장으로 죽어야 할지 고민이었네
혹자들은 k의 어깨를 두드리며
차남으로 죽으면 되지 않겠는가
말하기도 하였지만

k는 더이상 차남이 아니었네
k는 장남이자 막내였지만
k는 형도 아니고 동생도 아니었네

k는 흐름을 멈춘 강의 기슭에 앉아
수면 아래까지 늘어진 수양버들의 이파리들을 하나씩
하나씩 바라보고 있었네

사순절

철조망 너머로

대학 축제가 한창이었다

모두가 알고 있는 가수의

노래가 시작되자

일제히 울려 퍼지는 함성

k는 불침번이었다

침상에 누운 부대원들은

잠이 오지 않았다

미친 듯 질러대는 괴성이

이토록 찬연한 선율로 들려올 줄

아무도 몰랐다

쉴 새 없이 폭죽이 터졌고

모두 다 잠이 오지 않았다

너도 나도

학생이었고

군인이었다

원탁

k의 첫 여행이었네
처음은 여행만이 아니었네
k에겐 형제도 처음
젊은 어머니도 처음
낯선 아버지의 모습도 처음이었네
처음의 여행지가 하필이면 중국이었네
그곳의 식당들은 죄다 원탁이었네
빡빡한 일정에 지친 k는
무엇이든 먹고 싶었네
그곳의 음식들은 처음 맡아보는 냄새로 가득했네
k는 궁금했네 처음이니까
처음은 늘 설레는 것이니까
원탁 가득 주문한 음식이 차려지자
허기진 k는 천천히 탕수육에 손을 뻗었네 그러나
튀김 한점을 집으려는 순간 원탁이 돌아갔네
k는 괜찮았네 처음이니까
처음은 늘 순박한 것이니까
돌던 원탁이 이내 멈췄고
허기진 k는 느긋하게 난젠완쯔에 손을 뻗었네 그러나

고기 한점을 집으려는 순간 원탁이 돌아갔네
k는 돌아버릴 것 같았네
처음이 아니었으니까
k는 참을 수 없었네
원탁을 돌린 사람이 아버지였으니까
처음 본 동생을 먹이려고 아버지가 원탁을 돌린 것이었
으니까

원탁에 놓인 음식들은
멀어졌다가는 다시 돌아올 것들이었지만
젓가락을 슬며시 내려놓고 자리에서 일어난 k는
새 가족들이 처음의 식사를 마칠 때까지
돌아오지 않았네

프로파일링

범죄 수사 드라마를 좋아하는 형은 알고 있었네
범인들에게는 공통점이 있다는 사실을
주인공의 프로파일은 언제나 적중했지
그들은 마치 프로파일대로 살아가는 듯했네
그러나 형은 알지 못했네
공통점을 눈치채지 못한 이들이
범인이 된다는 사실을

플라스틱 케이지 하나가
놓여 있다 새로 산 듯
환하고 투명한 플라스틱 케이지 하나가
놓여 있다 손가방만 한 케이지는
현관 옆벽에 근근이 매달린
삼나무 선반 위에 놓여 있다
케이지는 볕이 들지 않아
옹이와 곰팡이가 구분되지 않는 선반 위에
놓여 있다 안에서
황갈색 드워프햄스터 한마리가 쳇바퀴를 돌고 있는
케이지가 놓여 있다
드워프햄스터 한마리가 자신이
달리고 있다는 사실을 눈치채지 못한 채
달리고 있는 케이지가 놓여 있다
햄스터의 움직임은 문등의 쎈서가

감지할 수 없으므로
형이 현관으로 들어오지 않는 이상
쳇바퀴는 돌지 않은 것이나 다름없는
케이지가 놓여 있다
쳇바퀴가 돌고 있으나 쳇바퀴가 돌지 않는
케이지가 놓여 있다
놓여 있으나 놓여 있지 않은 케이지 하나가
형의 것이 아닌 형의 집에 놓여 있다

비가 와서

수많은 명분들이 낭자하는 가운데
비가 내렸다 비가 와서 형은
사랑에 지쳤고 비가 와서 형은
애인의 살냄새에 싫증을 느꼈다 비가 와서
그렇게 비가 와서
형은 창문을 열 수 없었다
비를 핑계 삼아 기어코 형은
자신의 가벼운 고통들을 덜어내고자 했지만
그것들은 장마처럼 검질기게 창에 달라붙어
긴 기간 동안 사라지지 않았다
비가 오면
비가 오는 만큼 떨어지는 방울들
알알이 떨어지며 스스로를 잘게 부숴
촘촘히 갈라지는 방울들
지상의 모든 지붕에 부딪혀 으스러지며
재생을 거듭하는 물방울들
비가 오면
비가 오는 만큼 흩날리는
변명은 형의 변명은

비가 와서
형은 자신의 목소리를 들을 수 없었다

파도는 파도로서

할머니의 방에서
형은 울기 시작했다
할머니의 방이었으나
더이상 할머니의 방이라 할 수 없는
할머니의 방에서
형은 울기 시작했다
오래도록
할머니가 누워 있던 방이었으나
이제는
할머니와
할머니의 밭은 호흡과
할머니의 왜소한 체온이
사라지고 없는
텅 빈 방이었다
텅 빈 방에서
형은 울기 시작했다
텅 비었으나
형의 한숨으로
형의 굳은 표정으로

형의 흔들리는 시선으로
가득 찬 방이었다
가득 찬 방에서
형은 울기 시작했다
나는 형과 함께
오래된
할머니의 자개장을 정리하고 있었다
서랍을 하나씩 열 때마다
서랍 가장자리에서는
어김없이
봉투가 나왔다
벌써 몇번째 나온 봉투였는지
나는 알 수 없었으나
자개장의 맨 아래 서랍에서
구겨지지도 않은 봉투가 나오자
형은 봉투를
할머니의 엷은 눈두덩처럼 어루만지며
울기 시작했다
영안실에서 그 수많던 봉투들은

거들떠보지도 않던 형은
봉투보다 하얗게
울기 시작했다
유품을 정리하는 시간은
아무래도 길어질 것 같았다
형이 우는 모습은
좀처럼 볼 수 없던 풍경이었으므로
나는 형을 그대로 두고
할머니가 없는
할머니의 방 귀퉁이에
한동안 앉아 있었다
며칠 새 불을 때지 않아
차가워진 방바닥에 거꾸러져
형은 잘도 울고 있었다
할머니의 오래된 자개장
맨 아래 서랍에 박혀 있는
은빛 파도는
냉골 속에서도
한동안 출렁일 것 같았다

원형

형은 아침이 올 때까지

내 방 책상 앞에 앉아 있었다

창문 너머로 들어온 햇살이

형의 등 뒤로 그림자를 늘어놓고 있었다

잠결에 나는 어렴풋이

형의 붉은 그림자를 보았고

다시 잠이 들었다

눈을 떴을 때

형은 나가고 없었다

바닥엔 창틀의 그림자가 길게 뻗어 있었다

바닥에 형은 없고 창틀의 그림자만

길게 뻗어 있었다

제 4 부

우리의 전부를 숨기지 못해서

우리는 좋았지

일리미네이터

피터 뱅과 그의 친구 스벤드 올룹슨은
셸란섬으로 가는 여객선에 오르기 위해
한동안 군중 속에 끼어 있어야 했다
그동안 그들은 약속이나 한 듯 아무런 대화도 나누지 않
았다
그러나 말이 없다는 건 아무것도 하지 않는다는 게 아니
라는 걸
둘은 알고 있었다

탑승을 기다리던 대다수의 사람들은 각자의 자리에서
수많은 방향으로 서서
굽절의 일행과 이야기하고 있었다
그것은 뱅과 올룹슨에게 그리 시끄러운 것은 아니었지만
뱅과 올룹슨을 더욱 침묵하게 만드는 것이었다

드넓은 선착장 곳곳에 매달린 확성기에서는
수속 안내 방송이 이어지고 있었고
커다란 여객선 배기관 꼭대기에서는
쉬지 않고 묵직하게 뱃고동이 울리고 있었다

라우드스피커 개발에 몰두하던 뱅과 올룹슨은
정직한 소리의 재현을 꿈꾸고 있었지만
모든 소리는 그들 앞에서
재현되기 이전에 재현되고 있었다

출항을 앞둔 여객선은
오르후스 항구 중앙 부두에 정박해 있었다
여객선 너머로 이따금 말간 아침놀이 반사되는 듯했지만
그 빛은 길게 줄지어 늘어선 사람들을
발갛게 물들이지 못했다
여객선의 그림자가 거대했기 때문이었다

기다리는 것은 기다리는 것 너머에 있다

기요가 지나간 자리에서
두툼한 유리문이 느리게 닫히고 있었고
그녀를 따라 들어온 적도 해협의 습한 온기가
제자리를 잠시 맴돌다 사라지고 있었다

아침부터 서둘렀지만
공항에 들어선 순간부터
자신을 제외한 그곳의 모든 사람들이
자신의 이른 귀국을 방해하고 있다고
기요는 생각하고 있었다

그녀가 재촉하던 걸음 앞으로
몸집만 한 짐들을 곁에 둔 이국의 사람들이
각자의 장소에서 저마다의 방향으로 줄지어 서 있었고
긴 줄 너머로
항공사 직원들이 사람들의 여정을 하나하나 확인하며
표정 없이 티켓을 끊어주고 있었다

탑승 시간은 정해져 있었고

그 시간까지는 두시간도 넘게 남아 있었다
서두른다고 시간이 당겨지지는 않는다는 걸
기요는 알고 있었다

그러나 어쩔 수 없는 일이었다
출국장 훨씬 더 너머에서 그녀의 목소리를
누군가 기다리고 있었기 때문이었다

기요가 이미 지나온 길 위에서
더운 공기가 자주 맴돌다 사라지고 있었다
기다리는 사람을 떠올릴수록
가야 할 길이 더 길어지고 있다고
기요는 생각하고 있었다

싸흑뗀느

십수년 만에 코르시카를 찾아온 앙텔므는
쁘호쁘히아노 항에 내리자마자
택시를 타기 위해 다운타운 쪽으로 걷고 있었다
앙텔므는 수 킬로미터 떨어진
싸흑뗀느의 작은 고향 마을을 찾아가기 위해
크루즈에서 내리자마자 택시를 찾아 걷고 있었다
겨울의 쁘호쁘히아노는 인적이 드물었고
차갑고 적막한 공기만 자주
앙텔므의 피부에 와닿았다
쁘호쁘히아노의 다운타운을 지나
싸흑뗀느로 가는 보니파씨오 도로에 다다를 때까지
앙텔므는 택시를 한대도 보지 못했다
오르막이 시작되자
드문드문 보이던 벽돌집들마저도 아예 보이지 않았고
텅 빈 도로와 텅 빈 겨울의 초원만
멀리까지 뻗어 있었다

앙텔므는 고향을 찾아가고 있었다
고향을 찾아가고 있었지만

고향으로 가기 위해
지금까지 걸어온 길을 되돌아가야 하는지에 대해
앙텔므는 보니파씨오 도로 한복판에 서서
잠시 고민해야 했다

바시코프스카의 일흔여섯번째 생일
식물을 가진 여자*

　문을 연 순간 앨리스는 이미 자신이 앨리스가 아닌 걸 알았다 자신의 몸집이 문고리를 비틀기 이전에 비해 한층 커져 있었기 때문이었다 자기 자신이 아닌 자신을 뭐라 불러야 할까 문턱을 넘어선 앨리스는 문고리를 잡은 채 한참을 고민했다

　그러나 이내 앨리스는 더이상 자신이 누구인지는 중요하지 않다는 걸 깨달았다 개울둑 너머로 소리 없이 흐르고 있는 도랑과 그 위에서 쉼 없이 몸을 바꾸고 있는 석양빛이 한눈에 들어왔기 때문이었다 강은 흘러가버리는 걸까 흘려보내는 걸까 제자리에서 한순간도 멈추지 않는 도랑을 앨리스는 근심에 찬 눈으로 바라보았다

　그러나 이내 앨리스는 흐르는 것을 도랑이라 부르든 들이라 부르든 숲이라 부르든 아무런 의미가 없다는 사실을 깨달았다 문턱 너머에 있는 자신이 안에 선 건지 밖에 선 건지 알 수 없었기 때문이었다 앨리스에게는 언제나 자신이 서 있는 곳이 안이고 그곳의 저편이 밖이었다 밖으로 나가봤자 그곳은 언제나 어딘가의 안이었다 앨리스는 자

신이 뿌리박힌 식물처럼 영원히 배경 밖으로 빠져나갈 수
없음을 알아차렸다

늙어간다는 건 계속 새로운 문턱을 넘는 일이었다
이미 여름은 가고 10월이 다가와 있었다

* Grant Wood, ⟨Woman with Plants⟩, 1929.

바이세엘스터강

슈레버 일기

나는 주말 오전을 온전히 침실 안에서 보내고 싶었지만
엊그제 한 약속을 잊지 않은 아이 손에 이끌려
아침부터 외출을 해야 했다
할머니가 정성스레 만든 족발 요리를 남기지 않는다면
강변에 데려갈 것이란 약속이었다

주말 오전의 햇빛은 버려지고 있는 느낌이었다
더 묵혀야 했으나 너무 일찍 꺼낸 밀반죽처럼
주말 오전의 풍경은 충분히 부풀지 않아
찰기를 잃고 하얗게 떠 있었다
한껏 아껴두었다가 한꺼번에 쬐야 할 볕을 서둘러 맞닥
뜨린 나는
집을 나서자마자 얼굴을 찌푸릴 수밖에 없었다

집에서 강변까지는 수백 미터 거리여서
아이와의 걸음으론 한시간은 족히 걸어야 했다
걷는 동안 아이는 나와 가로수와 표지판과 상점의 가판
대 주위를
번갈아가며 돌고 돌았다

나보다는 몇곱절 더 먼 길을 가던 아이가 물었다
강은 언제부터 흘렀느냐고
네가 태어나기 훨씬 전부터 강은 흐르고 있었다고
나는 대답했다
그럼 강은 그전 언제부터 흘렀느냐고 아이가 물었다
내가 태어나기 훨씬 전부터 강은 흐르고 있었다고
나는 대답했다
태어나기도 전의 일을 아빠는 어떻게 아느냐고 아이가
물었다
지금 너에게처럼 나도 할아버지가 알려주었다고
나는 대답했다
그럼 아빠는 할아버지의 말을 모두 믿느냐고 아이가 물
었다

강변은 아이와 내가 출발하기 전부터
사람들로 붐비고 있을 것 같았지만
알 수 없는 일이었다

백조 호수

슈레버 일기

우리는 백조 호수 언저리에 앉아 있었다
해가 질 무렵이었으나
조그마한 호수 주변으로 나무들이 들어차 있어
노을은 수면을 붉게 물들이지 못했다

우리는 도시락도 없이 백조 호수 언저리에 앉아 있었다
해가 지기 시작하자
호숫가에 앉아 있던 사람들은 각자의 방향으로 사라졌고
중심으로부터 뭍으로 자꾸만 밤을 밀어내고 있는
연약한 물의 결들을 우리만 눈치채고 있었다

우리는 대화도 나누지 않고 백조 호수 언저리에 앉아 있
었다
아내와 나는 아이가 배고플 즈음이란 걸 알았지만
아내의 무릎 위에서 잠든 아이를 가만히 두기로
이미 서로가 결심한 듯
나무숲 너머로 달아나는 낮을 잠자코 건너보고 있었다

우리는 백조 호수 언저리에 앉아 있었고

우리 등 뒤에서 여러 무리의 사람들이
호수 근처 게반트하우스 쪽으로 잔뜩 몰려가고 있었다
관현악단의 연주가 곧 시작할 시간이었으나
우리에겐 연주가 시작될 리 없는 시간이라는 걸
아내와 나는 알고 있었다

싱그러움에게

해가 뜨고 있는 새벽이었다
연주를 마친 나는 소니와 함께
에르모사 해변의 길고 연약한 잔교 끝에 서 있었다

새벽 볕이 지고 있는 것 같아
정도의 말을 소니에게 건네고 싶다 여기며 나는
어둠이 가시기 시작한 잔교 끝에 서 있었다

낱말들은 나의 머릿속을 맴돌고 있었으므로
에르모사 해변의 새벽 볕은 나에게만 지고 있었다

그러나 새벽 볕은 질 수 없어 아름다웠다

우리는 말이 없었지만
말이라는 건 없을 수 없었다

물보라는 북태평양 한구석
깊이 박힌 말뚝에 부딪혀
조금씩 형태를 바꾸다 사라지고 있었고

소니는 세찬 파도를 등진 채 아무 말 없는 내가
얼굴에 반사된 새벽 볕보다 아름답다 생각하며
에르모사 해변의 차가운 잔교 끝에 서 있었다

알리바이

이츠키는 주인집 화단에 돋은 샐비어 꽃줄기를 모조리 뽑고 싶었다

이츠키는 꽃줄기를 모아다가 커다란 꽃다발을 만들고 싶었다

이츠키는 꽃다발을 들고 히로코의 집 대문 앞에 반나절 서 있고 싶었다

이츠키는 히로코 집 앞의 반나절을 모아다가 길고 긴 저녁을 만들고 싶었다

이츠키는 길고 긴 저녁을 모아다가 아르바이트를 하고 싶었다

이츠키는 길고 긴 아르바이트를 하나로 모아 쉽게 돈을 벌고 싶었다

이츠키는 쉽게 돈을 모아다가 다이아 반지를 사고 싶

었다

　이츠키는 다이아 반지를 들고 히로코의 집 대문 앞에 밤새 서 있고 싶었다

　이츠키는 히로코 집 앞의 밤을 모아다가 길고 긴 새벽을 만들고 싶었다

　이츠키는 길고 긴 새벽을 모아다가 아르바이트를 하고 싶었다

　이츠키는 길고 긴 아르바이트를 모아 큰돈을 벌고 싶었다

　이츠키는 큰돈을 모아다가 주인집에 갖다주고 싶었다

　이츠키는 히로코를 사랑했으나 사랑하고 싶지 않았다

검은 연기

프리모 레비는 카스텔로 광장에 서 있었다

광장 둘레로 전선들이 거미줄처럼 얽혀 있어
한번 들어온 전차는 도무지 그곳을
빠져나가지 못할 것 같았지만
레비가 서 있는 동안 전차는 벌써 여러번
광장 언저리에 나타났다가 사라졌다

프리모 레비는 광장 한가운데에 서서
사라지는 것들에 대해 생각하고 있었다

목격되고 있지 않은 것은 모두 사라진다

레비의 입장에서 전차는 사라졌지만
전차의 입장에선 자신이 사라졌다

광장 바닥에 빽빽이 들어찬
사괴석과 사괴석의 구분들은
광장을 떠나는 순간 사라질 것이었다

광장 정면에 버티고 선 마다마 궁전은
궁전을 서성이는 몇명의 관광객들은
관광객들이 들고 있는 사진기들은
사진기 속 필름에 기록된 이미지들은
이미지가 담고 있는 이야기들은
뒤돌아서는 순간 모조리 사라지고 말 것

프리모 레비는 오후의 광장 한가운데에 서 있었다

카스텔로 광장에서 학교까지는 두 블록 거리였고
레비는 학교를 향해 서 있었다
화학실 창문에서 검은 연기가 피어오르고 있었지만
학교는 보이지 않았다

풀다

아무도 없는 지하실에
빌름 호젠펠트가 홀로 엎드려 있었다
성당의 안쪽은 오래된 만큼 어두웠지만
그곳을 지탱하는 벽이며 기둥의 표면들은
이상하리만치 반짝이고 있었다

빌름 호젠펠트는 기도를 하려다 말고
고민에 빠졌다
소리 내 기도해야 할까 고요히 묵상해야 할까
어느 것이 더 간절한 것인지 그는 도통 알 수 없었다
목청껏 울부짖을수록
하늘에 계신 아버지께서 기도를 더 잘 들어주실 거라는
것 정도는
일요일마다 자신을 성당에 데리고 가는 할머니를 통해
익히 배워왔던 터였다 그런데
아무 말 하지 않아도 하늘에 계신 아버지는
우리의 마음속까지 굽어살피고 심지어
우리도 모르는 미래까지 계획한다고
지난 미사 중에 할머니는 어린 그에게 말하기도 했었다

빌름 호젠펠트에겐 간절함이 중요했지만
간절해서 소리쳤던 건지
울부짖다보니 간절해졌던 건지
그에겐 할머니의 기도가 의아해지기 시작했고
아버지는 하늘에 계신데
하늘과 가장 먼 곳에서 기도하는 건 또 옳은 일인지
지금이라도 종탑 꼭대기에 올라야 하는 건 아닌지
그는 골치가 아파왔다

빌름 호젠펠트는 병에 걸린 어머니를 위해
아무도 없는 지하 기도실로 찾아온 것이었지만
아무도 없는 곳엔 아무도 없는 게 아니었다
습한 허공과
허공이 가서 부딪치는 경계와
경계로부터 쏟아지는 눈초리
그리고 무엇보다 빌름 호젠펠트 자신이
그 한가운데 엎드려 있었다

엎드려 고민만 하다가
빌름 호젠펠트는 결국 한마디 기도도 하지 못하고
발걸음을 돌렸다
문을 열자
성당보다 더 오래된 빛들이 쏟아져 들어오기 시작했고
성당 안의 벽과 기둥은
한동안 반짝이지 않았다

반복했다

잠에서 깬 클레멘타인 페니페더는
모퉁이가 검게 닳아 해진 일기장 위로
자신의 문장들을
한달음에 적어 내려가기 시작했다

메이브
우리는 우리의 꿈을
반지하 방에서 꾸기 시작했지
옆방에는 화장실을 같이 쓰는
그늘 깊은 얼굴의 아저씨가 혼자 살고 있었는데
마주치면 인사를 건네도
아무런 대답도 하지 않던 아저씨가 혼자 살고 있었는데
언제부턴가 아저씨는 우리의 꿈에 도통 나타나지 않았지
메이브
우리 방에 나는 혼자 살고 있었는데
꿈을 꿀 때마다 거기서 너와 나는 함께 살고 있었는데
우리 방 천장 모서리로 난 들창에는
얇은 속 커튼도 달지 않아서
우리는 밤마다 불을 끄고 옷을 갈아입었는데

메이브

나는 그게 좋았어 좁고 어두운 방에서 옷을 갈아입으며

나의 팔꿈치와 너의 이마가 닿을 때 톡톡 터져나오던

누구의 것도 아닌 우리만의 키득거림을 좋아했지

메이브

우리가 꿈꾸기 시작한 방은 반지하였지만

야경이 있어 좋았지

야경이란 게 유리에 번지는 광채들뿐이었지만 유난히

노랗게 번지며 반짝이던 나트륨 가로등의 연약한 불빛이

차마 어둠속으로

우리의 전부를 숨기지 못해서 우리는 좋았지

다 가려지지 않는 서로의 실루엣을 바라보며

웃음을 그치지 못하던 시간

그 하루의 끝을 우리는 좋아했네

메이브

생각해보면 우리의 꿈은

우리의 꿈에서 깨는 것이었는지 몰라

그러나 우리는 우리의 꿈을 꿀 수 없다는 걸 알지 못했지

나는 나의 꿈

너는 너의 꿈에서
헤어날 수 없다는 걸 우리는 알지 못했지
우리는 기억을 살고 있을 뿐이었네

쓰던 일을 멈춘 클레멘타인 페니페더는
누구도 볼 수 없을 일기장 위의 글자들을
지우기 시작했다
자신의 문장들을 지울 때마다
종이는 지우개에 걸려
지우개보다 더 넓게
구겨졌다 펴지길 반복했다

제 5 부

신은 보이지 않고

국경을 넘는 일

살아 있는 한
넘지 못할 국경 한군데쯤은 누구나 가지고 있지
그러나 넘으려 하지 않는 국경은
누구에게도 없네

세 살 난 쿠르디는
가족과 함께
만선이 된 조각배를 타고
에게해의 광활한 국경을 넘고 있었다

우리 단지 아이들이
가방을 메고
시끄럽게
교문을 들어서고 있을 즈음이었다

조지는 리피강을 등지고

조지는 리피강을 등지고 서 있었죠
조지의 등 뒤로 여전히 리피강이 흐르고 있었지만
등을 진 이상 리피강은 더이상 흐르지 않는 것이라
조지는 단정했죠

리피강을 등진 조지는
서너 블록 너머에 있는 자신의 학교를 바라보고 있었죠
눈에 들어오지 않았지만 조지는
트리니티 칼리지의 푸른 럭비 피치를 바라보고 있었죠
잔디밭 낱개의 잎맥들은 구부러지지 않고 단단했지만
한창 물오른 새 학기의 피치는 부드럽게 물결치고 있었죠

조지는 리피강이 없는 리피강 가에 서서
맞은편 4층짜리 건물의 석회석 담벼락 너머에 있는
분명한 피치를 바라보고 있었죠
조지의 등 뒤에서
움직이는 강의 소리가 쉬지 않고 들려오고 있었고
이미 이 세상에 없는 누이의 목소리도 조지에게
몇달째 끊임없이 울려오고 있을 때였죠

엘리자, 나의 엘리자

엘리자와 그녀의 어린 아들을
헤일리는 마지막까지 뒤쫓고 있었다
여물이 잔뜩 묻은 광포로 아들을 둘러멘 엘리자는
얼음이 풀려 물이 붇기 시작한
오하이오강에 다다르고 말았다
수면 위로는 겨울을 견뎌낸
거대한 얼음덩이들이 유속만큼 빠르게
달의 반대편으로 사라지고 있었다
엘리자는 지쳐 울지도 않는 아들을 앞섶으로 끌어안은 채
마른 물억새밭 사이 기슭에 주저앉아 눈을 감았다
그녀는 누구에게 기도해야 하는지 알고 있던 것이다

#1
마님,
오 나의 스토 마님!
우리를 어찌하시려고 이곳까지 끌고 오셨나요
별빛도 반사하지 않는 저 차가운 강물 속에
우리 모자를 빠뜨려 죽이시려고 여태껏
그리 먼 길을 돌고 돌아 여기까지 오게 하셨나요?

오 스토 마님,
이제까지 우리 모자를 살려두신 거라면
그 이유라도 알 수 있게
제발 여기서 죽게 내버려두지 마세요
혹 이곳에 죽음이 필요하다면 저만 죽여주시고
아무것도 모르는 제 어린 아들은 제발
오 제발 살려주세요 마님도 아시죠?
제 아들이 저 악독한 백인 헤일리의 손에 들어간다는 건
죽음보다 더 황폐한 일이라는 것을 말예요
오 마님!
제 아들만은 이 어두운 강을 건너가게 해주세요

#2
엘리자, 나의 엘리자,
내가 어찌 참혹한 죽음의 강으로 너를 내몰겠느냐
나에겐 너희를 죽일 힘도, 너희를 어떤 방향으로
인도할 힘도 없단다 내가 적은 단어들과
내가 만든 문장들이 고삐가 되어
너희를 이곳까지 끌고 온 것이란다

사랑스러운 나의 엘리자, 생각해보아라
내가 너희를 지금 저 깊은 겨울 강물에
빠뜨려 죽인다고 해보자
내가 너희를 수십번 죽인다고 해도
내 글을 읽지 않은 사람에게
너희는 죽은 게 아니지 않느냐
또한 내가 너희를 영원히 살려둔다 한들
아무도 내 책을 펼치지 않는다면
너희는 영원히 태어나지도 못할 것 아니냐
엘리자, 너무 서글퍼하지 말아라
너희는 살지도 않고 죽지도 않는다
그런 행복이 어디 있겠느냐
너희를 끌어안고 있는 배경들이
배경들을 조합하고 있는 기호들이
너희 모자의 삶을 결정할 것이란다 다만
너희는 반복되는 굴레 안에서 빠져나올 수 없을 테니
내가 이번만은 기적같이 너희 모자가
저 광막한 겨울 강을 건널 수 있게끔 힘써보마

귀항

조각배는 흔들리고 있었지만
사내는 환희에 차 있었네
몇십분 뒤면
그의 아름다운 아내와 어린 두 아들을
바다 건너 타국으로 데려갈 수 있었으므로

국경을 넘기 위해
가족을 데리고 고향을 떠났던 압둘라는
결국 고향으로 돌아오고 말았다
그의 가족 모두를 묻기 위해서였다

난파한 배에서 헤어진 압둘라의 가족은
모두 숨을 거둔 채
배가 출발했던 보드룸만의 연보랏빛 해변으로
돌아와 있었다

가족과 함께하지 못한 건
압둘라 자신뿐이었다

늦여름

마틸다는
슈퍼에 가고 있었다

단발머리를 한 마틸다는
목에 검정색 초커를 하고
슈퍼에 가고 있었다

이웃에
아우디 신형 A4의 주인은
여행을 가고 없었다

마틸다와는
1학년 때부터 같은 반이던
건넛집 나탈리는
이사를 가고 없었다

길가에 심긴 어린 가로수에서
전에 없이 큰 소리로
매미가 울고 있었다

마틸다가 슈퍼에 가고 있을 때
마틸다의 여름도
가고 있었다

호텔 메이우드 5

오후 한시의 로비에는
체크인 하는 동양인 커플이 없고
체크아웃 하는 서양 노신사가 없다

오후 한시의 로비에는
한산도 없고
북적도 없다

오후 한시의 로비는
구시가의 유적지를 맴돌거나
유서 깊은 바자르에서 상인들과 흥정을 하거나
더러는
떠날 채비로 공항 안 까페에 앉아 커피를 마신다

오후 한시의 로비는
로비 대신
없던 고요를 맞이한다

로비가 아닌 로비는

얼마 뒤 들이닥칠
동양인 단체 관광객을 기다리며
존다
꾸벅꾸벅

오후 한시의 로비에는
로비가 남기고 간
엘마차이 향기가 가득

오후 한시의 로비에는
로비가 없다

까페 메샬레

열여덟 어린 세마젠이
제자리를 돌기 시작했다
갈색의 기다란 원통형 모자를 쓴 세마젠이
제자리를 돌기 시작했다
어린 세마젠은
새하얀 재킷과 새하얀 치마를 입고
제자리를 돌기 시작했다
가느다란 은장식을 덧댄 넓고 검은 복대를 허리에 두
르고
어린 세마젠이 제자리를 돌기 시작했다

까페 메샬레의 좁은 무대 위에서
어린 세마젠은 돌기 시작했다
어린 세마젠의 아비와 또 그의 아비는
신을 만나기 위해 제자리를 돌기 시작했지만
까페 메샬레의 어린 세마젠은
가족의 생계를 위해 제자리를 돌기 시작했다

저녁의 까페 메샬레는 수많은 이방인들로 가득했다

까페를 채운 이방인들은 신기한 듯
엘마차이를 홀짝거리거나 나르길레를 돌려 피우면서
하나같이 어린 세마젠을 쳐다보고 있다
두 팔을 벌린 채 악공들의 연주에 맞춰
셀 수 없을 만큼의 회전을 하고 있던 어린 세마젠의 눈에
신은 보이지 않고
까페 안 나무 기둥에 매달린 노란 전구들만 횃불처럼
잇따라 보일 뿐이었다

일몰

해가 지고 있는 늦봄이었다

브라이언 오코너는

늘 그러하듯 같은 자리에 앉아 있었다

변한 건 아무것도 없는 듯했다

사랑스러운 아내 미아는 변함없이 자신을 생각할 것이고

몇몇 소중한 친구들은 여전히 자신을 걱정할 것 같았다

식당 주인의 느린 행동과 무심한 표정처럼

변한 건 없는 듯했지만

그는 오늘따라 그것에 대해 확신이 서지 않았다

브라이언은 어제와 정확히 같은 시간

같은 메뉴를 보고 있었다 그러나

서쪽으로 난 들창 틈으로 되비쳐 들어와

마름모로 늘어지고 있는 선홍빛 노을 조각이

어제보다 식당 가장자리 쪽으로 아주 조금

밀려나 있는 것을

브라이언은 모르고 있었다

징그러움에게

어딘가를 떠나면
어딘가에 도착한다

라이트하우스에서 나와
빅터와 함께 에르모사 해변의 잔교로 향하던 나는
중얼거렸다

나는 우리의 이동이
무엇을 의미하는지 알 수 없었다

누군가 도착할 때
누군가는 떠난다

잔교에 도착해
빅터와 함께 그 위를 걷기 시작한 나는
중얼거렸다

우리가 잔교 위를 걸을 때마다
난간에 잠들어 있던 갈매기들은

차례대로 날아올랐다가
제자리로 돌아와 앉았다

나는 우리가
어딘가에 다다른 것인지
어딘가를 떠난 것인지
알 수 없었다

잔교 옆으로 펼쳐진 에르모사 해변으로
검은 파도는 한순간도 멈추지 않고
밀려왔다가 사라졌다

적어도 보이는 펜스

볕에 그을려 거무튀튀한 팔뚝이
한 방향을 향해 움직인다

순식간,

팽팽히 당겨졌던 핏줄들이
형체를 숨기며 느슨해지고
터질 듯 갈라졌던 잔근육들이
경계를 잃고 부드러워지자

커지기 시작하는 공

공이 날아오는 쪽으로
잔뜩 움츠린 행크 콩거는
그립을 움켜쥔 채 생각한다

궤적이 보인다
보이는 것은 맞힐 수 있다

계산된 경로를 따라
공이 이동하는 걸 확인한 행크 콩거는
온몸에 힘을 잠시 풀며 생각한다

펜스 너머를 볼 순 없지만
적어도 펜스는 보인다
보이는 것은 맞힐 수 있다

일순간,

형체를 숨겼던 핏줄들이
팽팽한 가닥들을 드러내고
경계 없이 폭신했던 팔의 근육들이
터질 듯 갈라지며 일제히 오그라들자

결정된 궤도를 향해
배트는 움직이기 시작한다

매치포인트

네살배기 슈테피 그라프는
자기 키만 한 라켓을
두 손으로 그러쥐고
네트 건너편에서 날아오는 공을
그녀가 뜰 수 있는 가장 큰 눈으로
노려보았다

휘두르는 순간
라켓 스트링에 눌려
납작해지는 지구

튕겨나간 공이
둥근 제 모습을 찾으며
멀어져갈 때
네살배기 슈테피 그라프는
코트 저편의 흰색 라인 안쪽만
유심히 쳐다보았다

라인의 바깥에서

얼마나 많은 판정들이
자신을 기다리고 있을지
상상도 못한 채

기묘한 현실주의

송종원

1

임경섭의 시집은 먼 곳의 분위기를 풍긴다. 보통 시에서 연과 행을 분절하는 방법은 시간을 압축하여 자연스럽게 시에 먼 곳의 분위기를 불러온다. 임경섭의 시는 여기에, 이름을 바꾸는 실험을 더해 공간적 착시의 분위기까지 빌려온다. 시집을 열어본 독자라면 거기에 등장하는 수많은 외국어 이름들을 낯설게 마주했을 것이다. 시가 일반적으로 '나'라는 화자를 위치시키는 자리에 시인은 낯선 이름을 집어넣는다. 그러자, 이상한 일이 벌어진다.

세계란 언어로 결합된 시간-공간 결합체의 면모를 지니기 때문에, 자신에게 부여된 이름을 거절하는 행위 속에는 이름과 결합된 어떤 것들을 분리하려는 태도가 숨어 있기 마련이다. 가깝게는 이름과 직접적으로 관련한 가계로부터, 상대적으로 조금 멀리는 그 이름에 용해된 사회문화적 흔적으로부터의 분리가 이름을 바꾸는 행위 속에 자리하는 것이다. 그런데 임경섭의 시에서는 이 분리가 조금은 아이러니하게 작동한다. 시에서 관습적 이름에 가까운 '나'의 부재가 되레 '나'와 관계를 맺는 세계의 존재감을 강화한다.

낯선 이름이 겪는 어긋난 세계와 상실의 경험들이 현실의 무언가를 강력하게 환기한다. 마치 시인은 서사를 이루지 못하고 순간순간 점멸하는 메마른 현실을 날카롭게 드러내면서, 어떻게 해서든 붙잡아보기 위해 가짜의 이름을 빌려 황당한 사건을 꾸미거나(1~2부에서 아버지-어머니와 관련한 가계 시편들), 어느 한순간 증발할 것만 같은 가냘픈 감각의 이미지들을 흩뿌리는 작업을 시연하는 듯하다(「호텔 메이우드」 연작이나 아내가 등장하는 여행 시편들). 기존의 이름을 거부하는 글쓰기가 새로운 관계망을 여는 실험이라면 그것에서 해방되는 순간 이름이 방해하던 먼 곳의 열림을 기대할 만한데, 임경섭의 시는 이름과 내밀하게 관련하던 극히 가까운 관계들이 새롭게 열리는 장면들을 보여준다. 이름이 낯설어지자 화자와 관계를 맺는 모든 존재와 풍경들이 더욱 또렷하게 모호해지는 기묘한 현실감! 그리고 보면 이름은 늘 이름 이상이다.

스물아홉 월터 클레어본 롤리는

한 줄기씩 가지를 자르면서 되뇌었다
포도는 건포도가 될 수 있지만
건포도는 포도가 될 수 없다

건기의 샌와킨강은
광활한 사막에 줄지어 늘어선 청포도밭이
바싹 마르지 않을 만큼 흐르고 있었고
그곳에서 물길을 얻은 운하들은
끝없이 펼쳐진 밭고랑 사이사이로 간신히 사라지고
있었다

——「Mr. Vertigo」부분

시는 경험의 장르이다. 경험이 바탕에 없는 시들은 뿌리
가 약한 식물과 같다. 하지만 동시에 시는 경험으로만 환
원할 수 없는 장르이기도 하다. 이 말은 경험 이외의 무언
가를 더해야 한다는 뜻만은 아니다. 경험을 재료로 삼되,
경험을 더 경험적인 것으로 만들 방법을 찾아야 한다는 말
이기도 하다. 또다른 말로 하면 경험과 언어가 만나는 순
간, 그 사이에서 생기는 이상한 화학작용을 고려해야 한다
는 말이다.

"스물아홉 월터 클레어본 롤리"의 작업과 생각은 시인
의 그것과 닮아 있다. 시인은 자신의 삶 속에 존재하는 광
활한 경험의 사막과, 그 사막의 시간 속에서 유유히 흘러

가 사라져버리는 어떤 것들에 대해 질문하는 중이다. "포도는 건포도가 될 수 있지만/건포도는 포도가 될 수 없다"는 말은 '삶은 언어화될 수 있지만, 언어는 곧 삶이 아니다'라는 말과 다르지 않다. 시인은 시를 쓰며, 분산된 삶의 작은 가지들이 잘려나가는 고통을 뼈저리게 느꼈을 것이고 또한 시의 한행 한행을 옮겨 적으며 삶이 소멸하는 모습도 목격했을 것이다. 그는 자신의 시가 삶의 흔적들에 제값을 치르고 있는지를 늘 고민하며 사막화되는 경험의 현장에서 버텨내기를 수행한다("건기의 샌와킨강은/흐른다기보다는 버티고 있는 느낌이었고").

임경섭의 시의 독특한 형식은 '나'로부터 시작되었지만 '나'로부터 가장 멀리 달아난 삶의 모습을 그려내려는 하나의 실험이다. 시인은 멀어진 삶을 억지로 가깝게 당겨오지 않고 배짱 있게, 오히려 더 먼 것으로 만듦으로써 그 거리를 정밀하게 조절한다. 해서 때로 임경섭의 시편들은 이미지나 전언과 무관하게 일정한 상실감을 기본값으로 내포하기도 하지만, 동시에 시선의 환각작용을 통해 삶을 뚜렷하게 응시하려는 하나의 발명품으로 기능하기도 한다. 다시 반복하자면 시인은 당신의 삶 속 광활한 경험의 사막과, 그 사막의 시간 속에서 유유히 흘러가 사라져버리는 어떤 것들에 대해 질문한다. 그러나 그가 가장 애써 질문하고 있는 것은 그것을 언어로 포착하는 방법이다. 아마도 그는 언어화되지 않은 경험이란 허구 중에서도 가장 그럴 듯하지 못한 허구라고 생각할 것이다.

2

　나카타는 목욕을 할 때마다 신혼여행지에서 산 비누
를 바라보며 그곳의 짙푸른 해안선을 한참이고 떠올렸
다 그곳은 시간을 두고 촘촘히 흘러내린 비누의 마블링
같은 섬들로 가득했다

　나카타는 목욕을 할 때마다 신혼여행지의 해안선을
떠올리며 여행가가 되고 싶다는 자신의 꿈에 대해 생각
했다 비누 하나 다 닳을 때까지 여행을 기억할 수 있다
면 자신은 충분히 여행가가 될 자격이 있다고 나카타는
생각했다

　나카타는 목욕을 할 때마다 여행가가 될 자신의 미래
를 상상하며 신혼여행 말고는 변변한 여행 한번 해본 적
없는 자신의 경험에 대해 고민했다 한번도 홀로 떠난 적
없었으므로 자신의 꿈이 아내 없이는 이루어질 수 없을
거라고 나카타는 걱정했다

—「크로아티아 비누」부분

임경섭의 시에서 생각이란 말이 사용될 때 우리는 그 생각들이 자주 엉뚱하게 뻗어나가는 것을 목격한다. 화자는 신혼여행지에서 사온 비누가 다 닳을 때까지 여행을 기억한다면 자신이 여행가로서 자격이 있다는, 약간은 낭만적으로 시의 정감을 북돋는 생각을 한다. 그런데 그다음 생각은 특이하다. 신혼여행 말고 변변한 여행은 한 적이 없다고 밝힌 후, 시인은 돌연 아내 없이는 나의 꿈이 이루어질 수 없다는 식의 전개로 말의 방향을 돌린다.

화자의 생각은 말 그대로 언어의 관습적 경로를 중단시키는 기능을 한다. 이러한 시적 전개는 임경섭의 시를 읽는 가장 즐거운 순간 중 하나이다. 가령 「라이프치히 동물원 ─ 슈레버 일기」에서 화자가 아이에게 동물원을 설명해주려다 미궁에 빠지게 되는 정황이나 「지평선」에서 화자와 아이 사이의 어긋난 대화, 「플라스마」에서 화자와 아내와의 기이한 대화 같은 것들을 눈여겨볼 필요가 있다. 시인은 생각이나 대화의 경로를 살짝 비틀면서 그때마다 생기는 언어와 정서 사이의 틈을 열어젖히는 중이다. 달리 말하자면 언어의 자연스러운 흐름을 훼방 놓으며 자연스러움이라는 말 속에 얼마나 많은 우연과 어긋남이 은폐되어 있는지를 드러낸다. 즉 시인의 언어로 인해 드러난 이 돌출은 이전까지 언어와 생각 사이의 결합이 얼마나 관습적이고 맹목적이었는지 질문하면서, 약간은 유희적인 경향을 띤 이런 형식을 통해 시인은 우리 삶에 작용하는 언어의 두터운 깊이와 아이러니를 동시에 겨냥하는 실험을 수행한다.

'슈레버 일기'라는 부제를 달고 있는 작품들은 하나같이 언어의 아이러니를 실현한다. 익히 알려져 있다시피 다니엘 파울 슈레버는 프로이트가 편집증의 임상사례로 삼은 인물이다. 편집증은 자신이 구축한 의미의 논리망에 따라 세계를 망상적으로 해석하고 사고하는데, 임경섭의 시가 생각의 흐름을 틀거나 대화 속에서 언어를 독특하게 해석하는 모습을 보일 때 흡사 편집증자의 언어해석과 유사한 경향을 보인다고도 할 수 있다. 그는 단어 하나 문장 하나를 너무 골똘하게 들여다본 나머지 그것에 통용되는 질서를 해체한다. 가령 「바이세엘스터강」에 등장하는 아이의 질문이 그렇다. 강이 언제부터 흘렀냐는 아이의 물음에 화자인 아버지가 자신이 태어나기도 전부터라고 말하자 아이는 태어나기 전의 일을 어떻게 아느냐고 재차 묻는다. 이에 화자가 할아버지가 알려줬다고 하자 아이는 다시 할아버지의 말을 어떻게 다 믿을 수 있느냐고 되묻는다.

아이의 저 질문을 편집증적이라고 분석할 수 있겠다. 하지만 그러한 분석은 아이의 질문에 잠재된 힘을 회피하기 위한 방어에 지나지 않는다. 오히려 아이의 질문은 다소 엉뚱하더라도 자신의 의심과 감각을 표준화된 언어와 쉽게 타협시키지 않으려는 천진한 에너지를 품고 있다. 그리고 이 에너지가 언어의 밑바탕에 놓인 협소한 합리성을 툭 툭 건드리는 사건을 일으키기도 한다. 굳이 사건이라고 표현한 이유는 저와 같은 작업이, 표준화된 망상의 논리망 속에 잠겨 살아가면서도 거기에 빠져 있는지도 모르는 우리를 새롭게 주체로 거듭나도록 매개할 수 있기 때문이다.

3

기다리는 사람을 떠올릴수록
가야 할 길이 더 길어지고 있다고
기요는 생각하고 있었다
　　　　—「기다리는 것은 기다리는 것 너머에 있다」 부분

공허는 무게를 지니고 있지 않았지만
없는 무게가 세월을 지탱하고 있다고 했다
　　　　　　　　　　—「쏟아지려네」 부분

　현대시 대부분은 어떤 기다림을 품고 있다. 어긋난 세계를 살아가는 결여된 주체에게 기다림이란 일종의 숙명과도 같다. 다만 임경섭의 시는 기다림의 태도를 숨기고 있다. 숨기고 있다고 말한 이유는 그가 기다림을 직접적으로 언급하는 경우가 극히 드물기 때문이다. 임경섭의 시에서 기다림보다 우리가 더 직접적으로 감지할 수 있는 것은 어떤 자리가 텅 비어 있어서 발생하는 공허한 기운인데, 좀 더 구체적으로 말해 임경섭의 시가 다른 세계를 열어젖히게 되는 동기 중 하나는 특별한 인물의 부재다. 시인은 가까운 세계에 없는 특별한 존재로 인해 먼 곳의 세계로 나아간다고도 말할 수 있다. 우선, 가까운 세계에는 반복이 있다.

해가 지는 곳에서
해가 지고 있었다

나무가 움직이는 곳에서
바람이 불어오고 있었다

엄마가 담근 김치의 맛이 기억나지 않는 것에 대해
형이 슬퍼한 밤이었다

김치는 써는 소리마저 모두 다를 수밖에 없다고
형이 말했지만
나는 도무지 그것들을 구별할 수 없는 밤이었다

창문이 있는 곳에서
어둠이 새어나오고 있었다

달이 떠 있어야 할 곳엔
이미 구름이 한창이었다

모두가 돌아오는 곳에서
모두가 돌아오진 않았다

—「처음의 맛」 전문

　모든 것이 반복되고 예상가능한 상태의 것이지만, 유독
"엄마"의 자리만은 반복이 불가능한 상태로 남는다. 그로
인해 시인은 몇가지 사고에 예민해진다. 우선 명백한 것이
없다는 생각이 형성된다. 반복되는 것과 반복되지 않는 것
을 비교할 때, 모두가 돌아오는 곳에서 어떤 일부가 돌아
오지 않은 것뿐이지만, 시인은 굳이 "모두가 돌아오진 않
았다"라고 적는다. 반복되지 않는 대상이 그에게 그만큼
특별하다는 것을 우리는 즉각 알 수 있다. 또한 그렇게 적
음으로써 그의 언어는 확실한 것들조차도 불확실성과 예
측불가의 구름에 휩싸이게 한다. 더군다나 정체가 사라진
것들에 대해 고민하는 시간은 마치 들어줄 사람이 없는 자
리에 대고 말하는 듯한 순간을 빚어내기도 한다. 이렇듯
임경섭의 시에서 어머니의 빈자리는 지독한 사색을 불러
오는 자리이면서 동시에 사색하는 자를 지독히 고독하게
만드는 자리이기도 하다.

몹시도 더딘 자신의 발걸음을 느끼기 시작할 즈음
오솔길의 소실점으로부터 천천히 걸어오는 누군가를
에른스트 짐머는 발견했다

어머니가
걸어
옵니다

어디선가 그녀를 설명하는 목소리가 울렸다
멀리서 보아도 그녀는 어머니가 아니었다
에른스트 짐머의 어머니는 곱슬머리가 아니었다
어머니가 아닌 어머니는 계속 가까워지고 있었다
—「귀향」 부분

　시인의 어머니는 그의 시에 모든 실험을 가능하게 하는
배후이다. 시에서 실험의 중요성을 아는 사람이라면 이 말
이 임경섭의 시가 어머니로부터 시작된다는 말과 다르지
않다는 것을 알 것이다. 시인은 비어 있는 자리를 대체할
말들을 찾아 헤매지만, 당연히 그 자리는 잘 메워지지 않
고 "어머니가 아닌 어머니가 계속 가까워"질 뿐이다. 시인
은 어머니와 관련한 다양한 기억을 소환하거니와 부러 충
격을 연출하듯 과거의 기억 일부를 뒤틀어 말하기도 하지
만(「반짝반짝」 「불붙은 작은 초 아홉개」), 어머니가 그의 기다

림에 육박하는 모습으로 다가오는 일은 거의 없다. 대신 어머니의 빈자리를 채워나가는 과정 속에서 낱말 하나하나, 이미지 하나하나가 시인을 예상치 못한 여러갈래 길 위에서 방황하게 한다. 그 과정에서 시인은 어머니를 대신해서 어머니라는 이름의 빛을 시에 드리우거나 자애롭지 않은 세상의 차가운 질감을 시의 표면에 씌우기도 한다 (「빛으로 오다」).

시인은 자신 앞에 놓인 이 어머니라는 미로 없이 시인으로서의 삶이 불가능하다는 사실을 잘 안다. 거기서 길을 잃을 때만 그는 더 강력하게 어머니와 함께 하는, 그녀의 빈자리를 견디는 시간 속으로 진입하기 때문이며, 그 시간 속에서만 세상의 모든 사물과 존재들이 그에게 이미지를 동반하고 다가오기 때문이다. 어머니를 '고향'에 비유하는 일은 오래되었지만, 임경섭의 시는 그 오래된 비유를 새로운 것으로 만들어내는 중이다. 그의 시에서 고향은 다가가면 다가갈수록 멀어지며, 현대의 고난이라고 할 만한 불확실성을 더욱 심화시키는 장소로 기능한다. 그에게 어머니는 그렇게 설명이 난해한 정념 내지 무언가와 함께 다가오는 존재이다. 그 무언가를 시라고 말하기는 어렵지만, 시가 그 무언가와 무관하다고 말하는 일 또한 불가능하다.

4

예전에 나는 한 글에서 임경섭의 시를 템포가 느리다고 말한 적이 있다. 그 일부를 조금 옮겨본다.

템포가 느린 시들이 있다. 독자에게 반 박자, 혹은 한 박자 늦게 서서히 다가오는 시들. 그런 시들은 대상을 포획하기 위한 뚜렷한 묘사나 분명한 사건을 상대하지 않는다. 오히려 묘사를 통해 하나의 대상이 성립되는 과정을 의심하고, 극적인 사건을 통해 정서와 의미를 생산하는 과정을 반성한다. 템포가 느린 시들은 때때로 시적 파토스가 다소 미약하다거나 전언이 불분명하다는 인상을 주기도 한다. 하지만 그것은 말 그대로 인상에 불과하다. 느린 속도의 시적 진전 속에 오히려 강력한 후폭풍이 자리하기 때문이다. 집요한 의심과 반복된 반성의 과정은 즉각적인 시적 기운을 생동하게 이끌지는 못하지만 점진적으로 우리의 습관적인 의식의 회로를 중단시키고, 또한 우리의 지각 체계에 변화를 유도하면서 다른 차원의 현실 속으로 우리를 조금씩 이동시킨다.*

* 「점진하는 리얼리티」, 『현대시』 2017년 9월호 231면.

그때 나는 '다른 차원의 현실'이 무엇인지까지 정확히 말하지 못했다. 다시 정리해보자면 그것은 우리의 경험이 좀더 뚜렷하게 살아나는 차원의 현실이며, 말 속에 작용하는 생각의 관습을 구부러뜨려 생각의 새로운 전개를 가능하게 하는 현실이고, 소멸되지 않는 완강한 현실의 힘이 소소한 사물과 기억들 속에서 생생하게 살아 있는 현실이다. 그리고 임경섭의 시는 지금 이상한 현실주의를 실현 중이다.

宋鐘元 | 문학평론가

형이
시들을 쓰는 동안
비가 내렸다

형은
비가 내리는 동안만이라도
시들이 읽히지 않길 바랐다

시가 젖고
다시 마르는 동안
형은
형의 이름이
형의 이름이 아닌 것으로
바뀌어 있길 바랐다

도처에 있고

어디에도 없는

형은

아무런 노력도 없이

2018년 늦봄

임경섭

창비시선 421

우리는 살지도 않고 죽지도 않는다

초판 1쇄 발행 / 2018년 6월 8일

지은이 / 임경섭
펴낸이 / 강일우
책임편집 / 이선엽
조판 / 박지현
펴낸곳 / (주)창비
등록 / 1986년 8월 5일 제85호
주소 / 10881 경기도 파주시 회동길 184
전화 / 031-955-3333
팩시밀리 / 영업 031-955-3399 편집 031-955-3400
홈페이지 / www.changbi.com
전자우편 / lit@changbi.com

ⓒ 임경섭 2018
ISBN 978-89-364-2421-3 03810